圖書館猜情尋
LIBRARY
梁科慶
120 中國哲學
121 東方哲學

序一

別致的小說摺扇——讀梁科慶作品集有感

翻開梁科慶君的這個作品集，像打開一把別致的小說摺扇，尺幅見風情，方寸間顯境界，讀之怡然，味之甘醇。

小說，顧名思義就是「說」故事。作為一種開放的文學形式，小說有千百種「說」法，但凡自創一格者自有讀者垂青，如金庸的武俠、劉以鬯的實驗性作品。在香港的小說「武林」中，梁科慶可說是一位沉潛有道的「忍者」。他離文學的「江湖」很遠，似乎也無意於與人爭鋒，多少年來都偏安一隅，秘練「Q版特工」術，真是日子有功，如今可算是獨步一方、自成一派了。

本書所收作品大都是校園題材的故事，從內容到創作形式都可以用一句話來概括，趣味盎然。趣味，是文學寫作的一大向度，即以有意味的形式來傳達訊息，表現作者對社會現實的發現與看法。這個作品集中的故事，大抵可以說是校園生活中的

「茶杯風波」，但勝在別有意趣。作者每每能從細微處着眼，以小見大，從中見到智識與洞見，給人以反思或啟迪。作品中的每一則故事都獨立成篇，然又彼此聯繫，形成一種互文的關係。這些短小故事連綴成篇，尤如畫面彼此銜接、相互呼應的屏風，構成了一道大風景，可讓人一窺世風人情尤其是校園的風貌。整個作品集佈局有道，匠心獨運，呈現出一種精巧之美，所以我更願意以「小說摺扇」來形容其藝術特色。

梁科慶是深諳創作三昧的行家里手，其筆下的故事講究情節的起承轉合，尤其是「意料之外，情理之中」的歐•亨利式門道。如〈逾期還書〉、〈目錄卡〉等，融校園故事與案情推理於一爐，情節峰迴路轉，不乏趣味。在小說創作普遍趨於絮叨沉悶的「時尚」風潮中，梁君的創作始終保持對故事趣味的追求，着實是一個異數。我一向認為，小說不是絮絮叨叨的道場，而是演繹故事的舞台，這裏上演的是世間風情，也是靈魂風景；小說是以活靈活現的方式「呈現」出來，而不是站在舞台外「獨白」、「旁述」。梁君的作品很好地體現出小說應有的故事特質，這是難得的創作路向，值得讚賞。

除了故事情節的吸引，這個集中的作品還不乏幽默小品式的趣味點。如〈逾期還書〉，學生向老師要求加分的對話：

「老師，多給我一分啦，我欠一分便及格，一分而已，你別吝嗇喔。」

「這份測驗卷，我已把難度調至低無可低，你竟不及格，還厚着臉皮來求我加分。你懂得寫個醜字嗎？」

「我不及格，爸爸不肯在卷上簽名。」

「請媽媽簽。」

「媽媽上月跟別的男人跑了。」

「噢，請爺爺簽。」

「爺爺上月給氣死了。」

像這類段子式「笑話」，既活現出校園風貌，又體現了小說的諧趣，讀之莞爾。這類冷幽默的文字時見梁氏筆端，難能可貴的是作者不是以此取巧、插科打諢，而是將「段子」轉化成隱喻，賦以深意，引人反芻細味。如〈參考書〉中寫一對曖昧男女的北上之旅，回途中男子眺望窗外，慨嘆深圳的發展一日千里，並講述一宗有趣的新聞，一個江蘇人偷渡到香港，在沙頭角登岸，打算到中環打劫，誰知由於地方偏僻，不熟路，誤將高樓林立的深圳當中環，偷了一部單車就向「中環」進發，結果自投羅網。一個笨賊故事，在一般人聽來通常只以笑料置之，但落到梁氏筆下就有了不一樣的意涵，如故事結尾女子的反應：「我不覺可笑，只覺他可悲，也為上水可悲。」

好的小說家就是這樣的，在講故事的同時還會傳達出他的洞見，他的思想。所以，我們不難在這個作品集中，看到一個真實的梁科慶。他的人生感懷，他的社會意識，都浮現在字裏行間，這位「忍者」在作品中顯形了。

如在〈逾期還書〉中，他有這樣的感懷：「人生於世，恍如滄海一粟，不見得有誰高人一等。人生路，長不長，短不短，走走停停，高低曲直，各人所走的路不盡相同，但殊途同歸。」

在〈參考書〉中，觸及男女婚姻感情問題時，又有這樣的興懷：「時間流逝，地方變遷，年華老去。兩個人在此時此地相遇就是緣份。所謂回憶，猶如把昔日、舊地、故人三點之間一根模糊不清的線重新着墨，這條線會有多長遠？多深刻？是快樂？還是後悔？視乎當下的選擇是否正確。當下快樂，將來後悔，例子俯拾皆是。也許十年後，她嫌棄他，正如他今天嫌棄妻子。」梁科慶不愧是圖書學的專才，在寫小說時也時以此為題材，以圖書為喻體，如以「參考書」比況「第三者」。故事中的Mary對有婦之夫的男人說，「你視我如同一本參考書，例如一本意大利文字典之類」，「圖書館的字典，有需要，你才去碰一碰」，「決不考慮把它借回家，或者到書店買一本回家，因為在你家裏已有一大套份量十足的百科全書，容不下一本小小的字典。雖然你終日嫌棄那套百科全書太舊、太巨、太笨，甚至乎你碰百科全書的時間比字典的還要少，但你不敢棄掉百科全書。」

作家從某種程度來說，也是思想家。沒有一定思想高度或深度的小說，是不值得讀的。梁科慶的小說除了有故事趣味，另一個值得稱許的特色是，有意蘊有思想。他的作品除了深蘊人生的洞察與識見外，還不乏社會意識，不時對一些時弊作出一針見血的批評。如在〈逾期還書〉中有這樣一語：「我們這個社會，自以為是的人越來越多，各人都認為自己的看法最好、最重要，別人不聽從，便投訴人家。自以為是的後果，是劃地為牢、自設藩籬，久而久之，大家失去易地而處的思考，也失落同理心。」

在〈二級不雅〉中，則幽了「淫審」一默，「我懷疑那淫審處替村上春樹作曲線宣傳，二級不雅變相速銷。其實，他們真的不該評審文學作品，試想，若把那把尺用來量度《金瓶梅》、《水滸傳》、《查泰萊夫人的情人》，這些經典名著也難逃包膠下架。」一個作家可以沒有激越的政治意識，卻不能沒有一種對於大是大非的判斷力和價值追求。好的作家總是信守着一些普世的人類意識、核心價值理念，如愛、如公平、如自由、如尊嚴等，梁科慶也不例外。在〈報刊閱覽區〉中，作者借一個荒誕的夢，喊出鏗鏘有力的聲音：「報紙，壓制思想，荼毒心靈，該當滅絕！報紙，砍伐樹木，破壞自然，罪大惡極！報紙，弄虛作假，嘩眾取寵，最要不得！我呸！我劈！」而在〈閱讀工作紙〉中，又對為拿閱讀獎而弄虛作假的現象作出針砭，並指出「拿不拿獎，並不重要，最重要的是，讀書要有所得着，所謂開卷有益」。

小說關注社會，關心人的生命情態、生存狀況，自然離不開一個重要職能，即人物塑造。通觀這個作品集，一個負面角色特別顯眼，這個人物即朱太。她本是一個主婦，卻因為動輒投訴，而成為人見人怕的厲害人物。這大概就是人們常說的那類怪獸家長吧？在學校裏她是家長教師會主席，在屋苑她是大廈業主立案法團主席，可想而知她的能量與處事作風。一個受過良好教育的女性，因為「語文水平高」，投訴總是「戰無不勝，所向皆靡」，戰績彪炳。在家裏，每當晚飯，「她盡情向丈夫和女兒數算投訴成功個案，談到如何折服對手時，口沫橫飛，飯粒亂跳」，「拿着筷子，擺出一副指點江山的嘴臉……」在學校，她參與校務管理，「指手劃腳」。對待新移民學生，她有這樣的偏見，「你聽我說，那些新移民家庭，最沒家教，做家長的其身不正，來香港濫用公共資源，拿綜援啦，霸公屋啦，搶學額啦，他們的子女有樣學樣，不求上進，好食懶非……」從朱太這樣的「個別」人物身上，我們可以看到一類「師奶」的樣子，這個形象也就有了一定的典型特徵，可以給讀者留下深刻印象。從現實的眼光來看，這人物有其討人嫌的毛病；從藝術創作的法則來說，這個形象卻有惹人喜愛的看點。寫出一個活靈活現的人物，使之成為一個讀者熟知的「公眾人物」，這是小說作者當有的職志，梁科慶做到了，自是其不凡創作力的一個表現。

梁科慶的小說還有一個值得重視的看點是，知識點。作者在創作時融匯入不少專業知識，讓筆下的故事多了一些冷知識，如〈目錄卡〉出現的圖書分類知識，《中國通史》是 610 中國史地類，《中國通脹》是 552 經濟類，《中國造林》是 436 農業類……再如〈參考書〉講到郎世寧的八駿圖，講到真跡與影印本的區別，這些都增添了閱讀趣味。

小說這個「魔方」有千萬種玩法，梁科慶「玩」出了他自己的路子，另有意趣，着實難得。他的小說情節有紋有路，妙趣橫生，又勝在有意蘊，不乏教益，當是青少年文學讀物不二之選。

二〇一八年十一月九日於南山書房

蔡益懷

序二
推陳出新，饒有別致

梁科慶博士是香港其中一位最受歡迎與愛戴的青少年文學作家，能應邀為他的新作《圖書館猜情尋》撰序，實在深感榮幸。

要找到一位熱衷工作並專業的圖書館長並非難事；想必你亦不會訝異不少本地及海外著名作家是圖書館「常客」，例如驚慄小說大師史蒂芬 • 京（Stephen King）。而梁科慶博士則是少數擁有上述兩種才能與身份的人——既是公共圖書館長亦是暢銷作家。以「極受歡迎」及「十分暢銷」來形容梁博士的作品毫不誇張，一位香港學校圖書館長曾告訴我：「梁博士的《Q版特工》系列叢書已經嚴重磨損。」可見他的作品在本地青少年及學生群中深受歡迎。在我的認知裏，兼備以上兩種實力及魅力的作家，除了梁博士，只有金庸先生。根據網上資料，金庸先生在移居香港之前亦曾在中國重慶擔任圖書館員多年。

傳統上，圖書館（不論公共或學校裏面）是學習和「獨讀」的地方，但凡聯想起，總會出現「噤聲細語」的畫面。正因如此，在大部份年輕人心中，有趣、興奮甚或放輕鬆都跟「圖書館」絕緣。但我們不應忘記圖書館還象徵着文學世界及其蘊含的社會文化意識。圖書館存在的本身及其館藏，正如實反映我們當下社會之文化及教育價值。

許多電影和電視均以執法工作為創作主軸，警局的場景不時穿插其中；亦有為數不盡的故事歌頌消防員、醫護人員、司法人員、政治家、教師及廚師等職人對社會的貢獻。儘管圖書館長對社會的貢獻不可估量，但有涉獵圖書館情節的故事着實不多。我想到電影《費城故事》、《色慾都市》及《明日之後》中部份場景，而二〇〇四年上映的《探險奇兵》（*The Librarian: Quest for the Spear*）可說是極少數描述圖書館長工作的電影。

隨着《圖書館猜情尋》面世，我希望這能改變年輕人對圖書館的固有看法。更重要的是，可為青少年華文創作奠下嶄新的小說範例。通過梁博士的創作國度和管理圖書館的豐富經驗，讀者將不難從他的筆下發現，圖書館可以是有趣而讓人着迷的一個學習與閱讀的地方，實在令人無法不愛上。

日本筑波大學圖書館學系副教授

盧敬之博士

目錄

01
逾期還書

陽光中學這宗「逾期還書」案，儘管在《香港作家》總編輯蔡益懷博士眼中，是校園生活的「茶杯風波」，不過正如已故兒童文學家黃慶雲所說「在孩子國裏沒有小事」，不管大事小事，既然給我Tony仔——全校最「諸事八卦」的學生遇上，我就不會放過，一定查個水落石出。

事情發生在今早八時正。

上課鐘聲響徹校舍內外。我正趕往六樓的圖書館。

明明上課了，為甚麼要去圖書館？我得交代一下。

這學期，校長大力推行課外閱讀，重新編排課節，把中一至中三級每天的首節課堂編為「晨讀」，開放校園，學生可自攜課外書，或到學校圖書館借書，在校舍內任何一個角落無拘無束地閱讀四十分鐘，充份享受閱讀的樂趣。所以，我便去圖書館借書。

我沿樓梯跑上，在二樓與三樓之間的轉角位置，險些與一個匆忙跑下來的女生發生「交通意外」，幸虧我反應敏捷、身手了得，及時避開，才沒「火星撞地球」。看清楚，認得女生叫周小麗，唸中一的，她的哥哥周小明與我同班。周氏兄妹都是圖書館領袖生，這時候，她應該在圖書館裏當值，怎會擅離職守？我於是好奇問：「小麗，這麼匆忙，趕往哪裏？」

「哎呀，不說了，我要找張老師……」

我立即嗅到「出事」的氣味，馬上轉身悄悄跟在周小麗後面。這個時間，圖書館裏一定擠滿學生借書、還書，幾個領袖生如周小明、趙莉等雖然能幹盡責，但對於處理同學的秩序尚欠技巧，張老師不在圖書館裏坐鎮，出亂子的可能極高，周小麗氣急敗壞地跑下來求援，更可能是大亂。

周小麗連跑帶跳的到達一樓，遠遠看見張老師從教員室出來，便喊道：「張老師，不好了！圖書館出事……」她一心盡快向張老師報告狀況，忽略樓梯轉角位置有人上落，險些與美術老師翟志權撞個正着，幸虧翟老師的反應也不賴，及時停步，才沒造成碰撞，不過害得翟老師失手丟下一些教具。

張老師給嚇得慌忙揚手，向翟老師道

歉，也示意周小麗「別吵」。

翟老師拾起教具，說聲「沒事」，便繼續趕往上層的美術室。周小麗真笨，所謂家醜不宜外揚，她如此大叫大嚷，等於向全校上下宣佈圖書館出了麻煩，叫張老師顏面何存？我躲在樓梯轉角暗自偷笑。

張老師拉長臉孔，低聲責怪小麗：「妳不留在圖書館裏當值，跑來這裏吵甚麼？現在是晨讀時間，校長要求全體初中學生安靜、閱讀，不管發生甚麼事，絕不能騷擾其他同學……」

「張老師，妳聽我說，大事不妙……」周小麗合作地壓低嗓子，「哥哥和趙莉在圖書館裏，跟朱婉儀吵架呀……」

「朱——」張老師又吃了一驚，登時瞠目結舌，慌亂之下，忘卻晨讀、安靜，劈頭便罵：「笨丫頭！怎不早說？怎不及早過來找我？還站着幹甚麼？趕快回去，趕快告訴我發生甚麼事……」

原來朱婉儀跟周小明、趙莉吵架，這場好戲，豈能錯過？我不再偷聽她們說話，立即跑去圖書館，親自看個明白。

一口氣奔上六樓，直入圖書館內，但見大群學生聚在服務櫃檯前面湊熱鬧，難得有藉口不看書，大家都看着服務櫃檯後的周小明、趙莉，跟櫃檯前的朱婉儀兩陣對峙，劍拔弩張。當中有些好事之徒，更希望他們一言不合，大打出手。

「朱婉儀，一元而已，妳又不是沒錢，把罰款交了，息事寧人吧。」F3C 的李志雄插口道。

我不知李志雄是存心煽風還是勸架，他若然勸架，便是好心做壞事，招致反效果。朱婉儀聽見此話，更是火上加油，立時拍檯罵道：「這不是有錢沒錢的問題，區區一元，誰都不放在眼內。這涉及個人誠信，是原則問題。我繳交罰款，等於默認錯誤、理虧。所以，我絕不讓步，投訴到底。」

「妳分明強詞奪理。理虧的，當然是妳。」周小明反唇相向，半步不讓。

「不！理虧的是她。」朱婉儀指着趙莉的鼻尖，「她身為圖書館領袖生，不恰當地處理還書，是失職。把過失推卸給同學，是不公道。這樣一個失職、不公道的人，我要強烈譴責。」

「妳不要含血噴人。趙莉一向和善有禮，做事認真，誠實可靠，是位公認的模範生。」周小明瞧一眼趙莉，再轉頭瞪着朱婉儀，從鼻尖發出一陣冷笑，「而妳，朱婉儀，剛好相反，嘿嘿……」

「你笑甚麼？」朱婉儀漲紅着臉。

圍觀者之中，有人暗暗竊笑，有人吃吃訕笑。我笑得最響亮。

「你們又笑甚麼？」朱婉儀叉腰頓足。

「夠啦，吵夠啦。」陳主任走進來，嚴肅地說：「你們在作甚麼？非法集會嗎？現在是晨讀時間，快去找地方安靜閱讀，去去去，不要浪費光陰啊！」

大家立即閉上嘴巴，慢慢散開。我當然不放過任何探求真相的機會，趁着人多混亂，閃到書架後面，偷聽陳主任「審案」。

「你們三個。」陳主任把文件夾擱在服務櫃檯上，「都是領袖生，應該做個好榜樣。在同學跟前吵吵鬧鬧，太不自重了。你們要深切反省。」

「是她無理取鬧……」周小明仍然忿忿不平。

「是她失職……」

「我來了，有話慢慢說，我來主持公道。」張老師匆匆跑進圖書館，看見陳主任在場，愕了一下，連忙陪笑道：「陳主任，不敢勞煩你，學生糾紛讓我處理可以了。」

「不可以。」陳主任斷言拒絕。

「嗄？」

陳主任把張老師拉到一旁，低聲說：「圖書館的事，我本來就不想管，但牽涉朱婉儀，就不能不管了。搞不好，她回家向家長投訴，朱太太一定給我電話，我如不知情，難以招架。」

「對對對。難為你了。」張老師歉疚地說。

全校上下都知道，朱太太是學校的家長教師會主席，為人潑辣，即使芝麻綠豆的小事，也咬住不放，經常找陳主任麻煩。

「多捱三年吧，已見曙光了。」陳主任瞥一眼就讀中三的朱婉儀，無奈地苦笑。

我理解陳主任的無奈，因三年後朱婉儀畢業，朱太太不再是陽光中學的學生家長，不能連任家教會主席，到時校務不必受她干預。可是，三年又三年，真是度日如年，應付朱太太，陳主任好像啞子吃黃連。

「這事由我和陳主任一同處理。」張老師走進服務櫃檯，向趙莉招手，「趙莉，妳先過來，報告發生甚麼事。」

一直不發一言、強忍淚水的趙莉，終於「哇」的一聲，哭起來。

＊　＊　＊

聽完趙莉、小明和朱婉儀三人的「供詞」，我明白是甚麼一回事了。

我校的辦學宗旨是「五育並重，全人發展」，課外活動以多元見稱，諸如射箭、童軍、棋藝、橋牌、話劇、朗誦、籃球、乒乓球、管弦樂、合唱團、羽毛球等等，盡都聘請外面的教練、導師到校訓練學生。放學後，學生留校參加活動的時間頗長，往往圖書館閉館後，仍有學生留在校內，有見及此，張老師推出一項「新服務」，效法公共圖書館在閉館後開設的還書箱，方便學生還書。由於經費所限，她的還書箱設計其實是「土法煉鋼」，拿一個有蓋的紅A膠桶改裝，在桶蓋加鎖，再開一個方洞，閉館後放在圖書館門外，讓學生把圖書投進桶裏，當作還書。

我曾聽周小明說，張老師編訂特別的工作指引，每朝七時四十五分，圖書館領袖生負責打開「還書桶」，取出圖書。用閱讀器掃描圖書條碼之前，領袖生必須把電腦系統的歸還日期調校為前一天，以確保桶內的圖書不會逾期歸還。

張老師的構想過於一廂情願，忽略了逾期罰款額偏低，逾期一天僅罰一元，學生寧願逾期歸還，也懶得在課外活動後爬六層樓梯到圖書館去還書，所以「還書桶」的使用率極低，領袖生每天花時間打開空桶，不過是例行公事。

今早，周小明因要補交數學改正，不能準時到圖書館當值，只得趙莉一人「開桶」，一如平日，桶內空空如也，趙莉於是繼續作其他開館程序，至八時十五分，學生陸續進館，朱婉儀拿了一本《壁花小姐奇遇記2》到服務櫃檯借書，趙莉就着電腦紀錄通知朱婉儀，她名下有一本《壁花小姐奇遇記1》逾期一天尚未歸還。朱婉儀即時反駁，說她今早七時半已把《壁花小姐奇遇記1》放進「還書桶」裏。後來，周小明在書架上找到那本《壁花小姐奇遇記1》，懷疑朱婉儀今早趁人多把書偷偷放回書架上，意圖蒙混歸還。於是，兩人吵起來，各執一詞，僵持不下。

「難搞。」我心裏想。

「難搞……」陳主任摸着下巴的鬚根，「都是一面之詞，沒第三者作旁證。」

「對呀，挺傷腦筋。」張老師亦大感苦惱，「朱婉儀獨自還書，趙莉獨自打開還書桶。趙莉向來誠實，朱婉儀也犯不着為了一元説謊。」

「周小明的懷疑不無道理，可惜沒人證。真頭痛，這麼多學生進出圖書館，竟沒人確定朱婉儀有沒有帶書進來，奇怪……」

「也不奇怪，朱婉儀的人緣極差，沒同學在意她。」

「無頭公案一宗。這樣吧，張老師，大事化小，小事化無，妳行使酌情權，豁免朱婉儀的罰款，停止雙方爭拗，盡快平息風波。」陳主任瞅一眼服務櫃檯外面，「妳懂我的意思吧？」

「懂的。」張老師點頭。

我逐一掃視站在服務櫃檯外面等候的趙莉、周小明、朱婉儀，尤其朱婉儀的囂張嘴臉，我懂陳主任的意思，若不及時平息風波，讓朱婉儀把事情鬧大，可能一發不可收拾。

所謂「平息風波」，僅是兩位老師一廂情願的期盼。

成年人的想法往往跟年輕人存着很大落差。陳主任和張老師以為行使老師的權力豁免罰款，可做到面面俱圓，有助雙方擺脱你贏我輸的困局，殊不知結果是兩面不討好，雙方都不服氣。

礙於老師的權威，表面上，大家都不再爭吵，我了解周小明，他第一個不肯罷休。一方面，他認定朱婉儀妒忌趙莉的成績優異、備受同學愛戴，一直在找機會誣陷趙莉。另一方面，他自責，今早朱婉儀的機會，是他給的，若不是他留在課室補做數學改正，趕不及去圖書館當值，趙莉便不必獨自打開「還書桶」，在沒證人支持下，給朱婉儀有機有乘。這次趙莉蒙冤，他自覺難辭其咎。我相信他會私下調查，揭發朱婉儀的奸計，還趙莉一個清白。

「小明，我勸你別私下調查。陳主任明言此事告一段落。」我在走廊叫住他。

「噢，Tony 仔，原來是你。」周小明回頭瞧我一眼，「竟給你猜中我的意圖，諸事八卦，果然名不虛傳。」

「過獎。」

「哥哥，原來你還不死心。」同行的周小麗很是擔心，「你違抗陳主任的指示，讓他知道，他會責罰你呢！」

「我暗中進行，你們不說，陳主任怎會知道？到我找得真憑實據，他更加無話可說。朱婉儀的媽媽是家教會主席，陳主任一定偏幫朱婉儀，他越不想學生追查，我越要追查。」

「你有何打算？」我問。

「朱婉儀說七時半還書，我只要查出她七時半後才到達學校，證明她說謊，七時半還書的口供，自然不攻自破。」

「聽起來，有點道理。但，你如何證明？她上學不坐校巴，不乘搭公共汽車，也不走路，沒同學與她同車同行，誰知道她何時返抵學校？」我提出重點，幫助小明「推理」。

「就是她每天坐爸爸的私家車上學，招搖過市，目標明顯，一定有人看見。」

「是了，校工福伯每朝都在大門口當值，登記校巴的進出時間。朱爸爸的私家車停在學校門口，福伯一定看見。我們去問福伯那是甚麼時間，不是一清二楚嗎？」周小麗道。

「等一等。」

「甚麼？」

「不是我們。是我。妳別去。調查始終存着風險，萬一陳主任知道，我一人受罰，總勝過我們一同受罰。」

「我與你同去，一人計短，二人計長，而且我是教員室常客，罰慣了。」我笑道。

「好。」

「哥哥，你們要小心……」

「笨丫頭，大驚小怪。」周小明輕輕拉一下妹妹的孖辮。

「張老師取笑我笨，你又取笑我

笨，哎呀，人家擔心你的安危而已。」

「這還不笨？我又不是執行甚麼反恐工作，怎會有危險？妳乖乖留在課室，等待我的好消息吧。」說罷，周小明轉身跑下樓梯。

我跟在後面。

周小明的個子較同齡的孩子矮，人又瘦削，看起來，像個孱弱書生，去年從別校轉過來，初時有些頑皮的學生想欺負他，誰知他的身手如猴子一般靈活敏捷，性格如牛一般固執堅強，非但不好欺負，行事為人和學業成績更反過來令人佩服，一年不到，便獲選領袖生。

適值小息，學生一窩蜂的湧到小賣部購買零食，或在操場上走動。我們跑出主座校舍，與兩個中二級的男生擦身而過，兩人剛從小食部回來，各拿着一份浸透染色添加劑的咖喱魚蛋，邊走邊吃邊聊，嘴角都沾着泥黃色的咖喱汁。左側的樓梯前面，領袖生逮住兩個在後樓梯打架的 F1D 班男生，正把兩人押往校務處，交陳主任發落。幾個中一女生在操場上找到一小片空間，趕快圍成一圈，拋起排球，練習互傳，恰巧攔住我們的去路，小明縱身一竄，低頭避過排球；我兩掌重疊互握，兩臂伸直，以一記姿勢正宗的「低手傳球」把排球回傳給長得最漂亮的女生，還向她調皮地眨眨右眼，惹來一陣嬌笑。

才離開「排球陣」，右側飛來一隻毽子，周小明右腳橫掃，「卜」的把毽子勾踢回去，F3C班的陳慶全微微曲腿，伸長脖子，仰臉，靈巧地把毽子停在前額，喊道：「再來。」要把毽子甩過去。

「不玩了。」周小明搖頭。

「你們忙甚麼？」

「與你無關。」周小明繼續往前走。福伯從街上收養的花貓在花圃旁急跑而過，小息前，牠一直躺在長凳上曬太陽，當小息鐘聲響起，便機警地逃離操場，因為學生會把牠圍起來，有愛心的為牠掃背，淘氣的卻拔鬚扯尾，經驗告訴牠，學生是淘氣的多，所以花貓也充當「好漢」，不吃眼前虧，及早溜掉。

總之，小息是學生吃和玩的時候，找校工攀談的人絕無僅有，故此，福伯詫異地問：「小明、Tony仔，你們找我有特別的事情麼？」

「是呀，福伯，我想問一下，今早七時半左右，你看見F3A的朱婉儀進入學校嗎？」周小明問。

「朱婉儀……」福伯搔搔後腦，「沒看見。」

「怎可能？你每朝都在大門口的更亭當值，誰人何時進入學校，沒人比你更清楚。」

「平常就是，但今早不同。」

「有甚麼不同？」

「今早大約七時二十分，籃球場那邊，有人打爛汽水樽，陳主任為怕學生被碎片弄傷，吩咐我去清掃玻璃碎片，我沒在更亭當值十五分鐘，朱婉儀大概那段時間到校，因此我沒見過她。」

「竟然那麼湊巧！」我也大失所望。

「你們沒別的問題吧？」

「沒了。」

「我還有很多工夫要做呢……」福伯提起竹

帚，轉身勾掃花圃裏的落葉，沒想到，落葉堆下，伏着一隻灰鴿子，灰鴿子被福伯的竹帚驚嚇，「噗嘶」的拍翼急飛沖天，突然在我們臉前掠過，嚇了我們一跳。

灰鴿子在操場上空描了一度優雅的弧線，最後降落校門閘頂的 CCTV 鏡頭之上，安安穩穩地站定，發出一陣「谷谷」啼叫，似在投訴福伯打擾牠在葉堆下休息。

我抬手擋着陽光，瞇起雙眼，仰臉瞧瞧灰鴿子，瞧瞧 CCTV，然後用手肘碰一下周小明。

「甚麼？」他抬頭仰望，也想到了，「新線索！謝謝福伯伯，謝謝鴿子。」便一溜煙似地跑回校舍主座去了。

福伯盯着我，一頭霧水，在忖度自己跟灰鴿子之間到底有甚麼關係？

＊　＊　＊

我本想跟小明商議 CCTV 的事，可是給那個作威作福的班長逮住，説高老師要我立即到教員室補做 English Usage 練習。師命難違，我唯有乖乖前往教員室，剛巧高老師要見校長，着我坐在她的辦公桌前補做練習。

小息時候，教員室裏，繁忙如早上的菜市，「講價」聲此起彼落——

「老師，明天補交可以嗎？」

「不可以。」

「我保證，今晚不吃晚飯不上網，做妥才睡覺。」

「你的睡眠不足，明天不能準時起床，上學遲到，多添一項過失。」

「我在床頭左右各擺一個鬧鐘，你儘管放心。」

「你昨天的功課，今天做。今天的功課何時才做？」

「後天囉。」

「老師，多給我一分啦，我欠一分便及格，一分而已，你別吝嗇喔。」

「這份測驗卷，我已把難度調至低無可低，你竟不及格，還厚着臉皮來求我加分。你懂得寫個醜字嗎？」

「我不及格，爸爸不肯在卷上簽名。」
「請媽媽簽。」
「媽媽上月跟別的男人跑了。」
「噢，請爺爺簽。」
「爺爺上月給氣死了。」

「老師，你找我幹甚麼？」
「你看。」
「我的數學練習簿，沒特別呀，算式、答案都正確。」
「掀去最後一頁。」
「最後一頁？應該還沒動用……咦……」
「上面寫着甚麼？讀出來。」
「輕輕的我走了，正如我輕輕的來，我揮一揮衣袖，不帶走一片雲彩。」
「誰寫的？」

「徐志摩。」

「那，你去告訴徐志摩，罰抄一百句，我以後不塗污數學練習簿。」

「陳主任，有學生家長打電話給你。」

「哦，來啦，謝謝，喂，我是陳主任，請問是哪位家長？」

「我是 F3A 班朱婉儀的媽媽。」

「朱太太——」陳主任收起笑容。

教員室頓然變得鴉雀無聲，眾老師差不多同一時間住口，不約而同地打手勢着學生離開教員室，然後用愛莫能助的眼神向陳主任投以最基本的同情。

我因坐在高老師的位置，伏在一座座的「作業山」後面，大家又關注陳主任，不免遺漏了我。

陳主任用手背抹掉額角的汗水，調整呼吸，盡量保持鎮定，不顫聲地問：「朱太太，有何貴幹？」

陳主任大概抵受不了朱太太的高分貝「噪音」，

經驗老到地把話筒移離耳朵，因此我們都聽見朱太太的吼叫：「我剛接到婉儀一通電話，關於今早歸還圖書一事，她很不開心！我也很不開心！」

「事情，我們已經初步解決了。」

「還沒解決呢！陳主任，我是家教會主席，最着重家教。若是婉儀犯錯，不管罰款多少，我都甘心樂意繳付，還嚴加督責她以後不可再犯。現在老師豁免罰款，只是權宜之計，不能證實婉儀是犯錯還是清白？」

「我會跟進調查。」

「當然要跟進啊！陳主任，我相信你是個公道的人，不會偏私，一定給我一個滿意的答覆，所以，我暫時不向校長投訴。」

「交給我處理吧，校長很忙，無謂驚動他。」

「依我的看法，你第一個要向張老師問責，她身為圖書館的負責人，沒恰當的挑選和訓練領袖生，導致還書程序出現人為錯誤，顯然是失職，應予以譴責。另一個，要處罰那姓趙的新移民學生，她妒忌我家的婉儀，處心積慮要誣陷她，一定要小懲大戒。你聽我説，那些新移民家庭，最沒家教，做家長的其身不正，來香港濫用公共資源，拿綜援啦，霸公屋啦，搶學額啦，他們的子女有樣學樣，不求上進，好食懶飛……」

「朱太太，妳把簡單的問題複雜化了，今早的事情，沒妳說的那麼嚴重。我會調查明白，看看哪裏出錯，或者引起誤會，盡快糾正。」

「但願如此，不過，我始終認為……」

「要上課了，上課鐘響了。」陳主任把話筒向外翻，讓朱太太也聽見鐘聲，「我要去上課，不說了，再見。」急急掛線。

懂得利用上課鐘聲擺脱朱太太的電話纏擾，我非常佩服陳主任的腦筋轉得快，隨機應變，不愧是教員室裏的前輩。

陳主任把電話放回機座上，鬆開第一顆衣鈕，鬆一口氣，也重重的嘆一口氣。

「Tony？你怎會坐在這裏？」終於被張老師發現了。

「高老師叫我坐在這裏補做 English Usage。」我狡辯，「我剛才專心一致、心無雜念地做練習……」

「剛才陳主任的電話對話……」

「我向燈火發誓，全沒聽見，聽見也忘了。」

「快滾蛋！」

張老師發脾氣，我完全理解和體諒，換上是我，可能發更大的脾氣。

趙莉與朱婉儀到底誰說謊？

真是煩死了！

站在張老師的角度，趙莉是她的得意門生，遭到朱婉儀指控失職，師生同感難受。

就我所知，趙莉在內地出生，十歲隨母親來港與父親團聚。父親是中港貨車司機，母親在酒樓裏做傳菜員，還有一個弟弟在香港出生，今年唸小四，一家四口租住狹小的「劏房」，盼望早日入住公屋，既減輕租金負擔，又有較寬闊的居住環境。聽說，趙莉來港初期，插班入讀小學，成績完全跟不上，尤其英語，最基本的二十六個字母也認錯，但她很懂事、很用功，急起直追，終以品學兼優升讀陽光中學，贏取老師和同學的尊重。雖然有些學生如朱婉儀嫌她家貧，瞧不起她，亦因她的成績出眾，而無話可說。

若說趙莉誣陷朱婉儀，誰都不敢相信。

相反，若如周小明所說，朱婉儀誣陷趙莉，大家心裏倒有幾分認同。不過，朱婉儀這人，驕生慣養，愛發小姐脾氣，卻是胸無城府，並非工於心計的人，懂得利用「還書桶」的漏洞來誣陷趙莉，就我們所認識的朱婉儀，沒這種小聰明。

所以，誰是誰非，實在想不通。

如果，沒人說謊，只是一場誤會，又是哪裏出錯呢？更加想不通。

難怪張老師大發脾氣。

如果罵我有助她紓緩情緒，我心腸好，樂意捱罵。

＊　＊　＊

好不容易，熬到午飯時間。

我沒吃飯，急急跑到小賣部，買了一樽可樂，再跑往電腦室。周小明已在電腦室門外等候，他看見我手上的可樂，瞪大雙眼，道：「你竟然這樣作弄良哥！」

在電腦室當值的技術員胖子良哥，年少時吞吃太多垃圾食物，導致腎功能出了毛病，他最愛喝可樂，但醫生叮囑他盡量少喝。我不是有意作弄他，除了這招「調虎離山」，我想不到其他辦法可以翻看 CCTV 錄影。

「為尋真相，惟有犧牲良哥。」我把可樂遞給周小明。

他接過可樂，想了想，最終忐忑地推開電腦室的玻璃門。

就在此時，一人突然從旁閃出，把玻璃門掩上，擋在門前，不讓我們進去。

「趙莉？」周小明被趙莉阻住去路，大為奇怪。

「你們跟我來，到那邊談一下。」趙莉緊張地把我們扯到電腦室旁的後樓梯，左右掃一眼，確定沒人，一臉擔憂地說：「小麗告訴我，你死心不息，仍在追查朱婉儀有沒有還書。」

「我要找出證據，戳破她的謊言，還你一個清白。」

「算了，小明，別再查了。」趙莉別過臉來，「Tony 仔，這事根本與你無關，你不應慫恿小明追查。」

「Tony 仔沒慫恿我，都是我的主意，我們不能放棄，不能讓朱婉儀得逞。」

「不，我不想你因我受罰，陳主任會視你作搞事分子，輕則罰留堂，重則記缺點。不值得的。」

「我不怕。」

「小明，聽我說，此事完結了……」

「未完結。小息時，Tony 仔在教員室裏，聽見朱婉儀的媽媽打電話給陳主任。她向校方施壓，投訴張老師和妳，陳主任放學前將有所行動，沒時間了，我們出手要更快。」周小明舉起手中的可樂，「刻不容緩。」便繞過趙莉，大步踏進電腦室。

趙莉站在後面，想叫住他、勸阻他，卻說不出任何理由。

我想勸說趙莉，卻見她滿臉憂悒，也說不出任可話，只得撇下她，陪同周小明走進電腦室。

為了趙莉，周小明下定決心，一逕跑進電腦室左側的中央控制室。

「嗨，小明、Tony 仔，你們吃過午餐了？」良哥正在吃飯盒。

「吃過了。」周小明忍住飢腸轆轆，把可樂放在桌上，偷看良哥那盒香噴噴的葱油雞腿飯，嚥下口水。

良哥放下雞腿，偷看小明那樽可樂，兩眼放光，也嚥下口水。

「小麗買給我的，但我今日有點咳嗽，不敢喝。」

「我的喉嚨也不舒服。」我乾咳兩聲。

「不喝，太可惜了。」良哥仍盯着可樂。

「請你喝。」周小明單刀直入。

「別傻啦，醫生叮囑我盡量少喝，我沒喝可樂足有三星期了。」

「少喝不等同不喝，喝一口吧，開蓋太久，不好喝，變成浪費。」我落井下石。

「浪費不對，我姑且喝一口。」良哥如獲至寶，抓起可樂，仰頭便喝一口、兩口、三口，骨碌骨碌的，把整樽可樂乾掉，心滿意足地放下空樽，「嗝」的打個嗝，三秒過後，激情冷卻，瞄瞄桌上空樽，才懂得後悔，苦惱地說：「糟了！我不該放縱。」

「你下個月收斂一些，一個月不喝。」我過意不去，真的。半年前的一次閒聊，良哥訴説腎臟的毛病，其中一個癥狀是尿頻，喝了可樂更甚。今天，我們以此作手段，調開良哥，無疑是出賣朋友，但為了查明真相，迫於無奈出此下策，實在對不起良哥。

「你的主意不錯，惟有這樣……」良哥臉色一變，站起身，搓搓小腹，「我要去小便，你們乖乖坐着，別亂碰儀器。」

「知道。」

良哥一離開電腦室，周小明馬上閃到控制 CCTV 的電腦前面，把檢視時間調校至今早七時十五分，然後指令系統作「快速搜畫」，坐下，定睛注視顯示屏幕，一眼不眨，直至發現朱婉儀步進校門，隨即按下「定格」，再看當時的時間，是七時——

「卜——」

畫面變黑。

我們回頭一看，陳主任已站在旁邊，他把顯示屏關掉。

「我告訴你們，根據校規和個人私隱條例，非授權人士不能翻看 CCTV 錄影。」

「陳主任，我……」周小明吐舌。

「不管你們的理由多高尚，違規就是違規，你們先返回課室，待我想想如何處罰，稍後找你們。」

「是。」我們垂頭喪氣地離開電腦室。

在電腦室外面，趙莉焦急地等着。我們看見她，走過去。周小明埋怨道：「我們幾乎找到證據呢！卻給陳主任逮住，真不值！陳主任關掉顯示屏前，我勉強看見朱婉儀的到校時間，好像是七時三十五分，不過又好像是二十五分，到底是二還是三？很難確定。」

「算了吧，小明。」

「還有一個辦法，圖書館隔壁是 F5B 課室，我們逐一查問 F5B 的同學，如果朱婉儀今早到六樓還書，總有人看見她……」

「我說，算了，你聽見沒有？」趙莉提高聲線。

「趙莉……」

「是我告訴陳主任，你們偷進電腦室。」

「啊！為甚麼？」周小明與我面面相覷。趙莉的話，我們聽進耳裏，猶如晴天霹靂。

「因為，我誣陷朱婉儀。」趙莉的頭垂得低低，「今早我打開還書桶時，找到那本《壁花小姐奇遇記1》，記得是朱婉儀一星期前借的，我故意不依還書程序，直接把書放回書架上，害她逾期還書。」

「為甚麼？」周小明不敢相信那是事實，但趙莉的樣子一點也不似說笑。

我更是一頭霧水。

「我討厭她，她取笑我是大陸妹。我妒忌她，她家比我家富裕。我鄙視她，她糟蹋上天給她的優越生活環境，沒好好上進，成績差、品格差。」趙莉的眼淚潸潸流下，邊說邊走開，「原來，我的品格同樣的差。」

「妳要去哪？」我問。

「我找張老師，自首。讓事件真正告一段落。」

周小明頹然坐在梯級上，沒阻止她。我也沒任何主意，腦海裏空白一片。

可能過了一分鐘，也可能過了五分鐘，總之不知過了多久，有人來到我們身旁。

「Tony，你還在這裏，諸事八卦，無可救藥。」

我抬頭一看，原來是陳主任，只好識趣地站起身，退在一旁，合上嘴巴，拇指搭着食指在唇邊一抹，拉上一道隱形的拉鍊。

「小明，你終於發現真相了。世事往往諷刺得很，真相有時令人失望。」陳主任靠着欄杆。

「陳主任……」周小明恍然，「其實，你早就知道真相。」

「我今早看見朱婉儀把圖書放進還書桶。」

「我不明白……」

「你不明白甚麼？」

「你為何不即場說出真相？」

「因為，這是一個難得的學習機會。我說出來，挺容易的，但對於你們沒甚麼得益。我期望你們自行發現錯誤、承認錯誤、糾正錯誤，從而有所學習和反思，說不定，一生受用。你和趙莉的學習已開始了，還剩朱婉儀。」

「朱婉儀？她是得勝者，她沒犯錯，學習甚麼？反思甚麼？」

「你們三人的功課不盡相同。不知你有沒有察覺？我們這個社會，自以為是的人越來越多，各人都認為自己的看法最好、最重要，別人不聽從，便投訴人家。自以為是的後果，是劃地為牢、自設藩籬，久而久之，大家失去易地而處的思考，也失落同理心。這次，朱婉儀與朱太太雖是勝方，理在她們那一邊，但我希望朱婉儀的頭腦並沒被勝利所沖昏，高漲的情緒回落之後，靜下來，反思一下。」

「陳主任，對不起，我一句都聽不懂。」周小明苦着臉。

其實我聽得懂，但不便開口。

陳主任淺淺一笑，道：「我一九九七年在教育學院畢業，入行當老師，一晃眼，已二十年了，那時，我在港島區一間官立小學任教，回歸前，教員室牆上掛着英女皇的照片，茶杯印着皇冠圖案，七月一日，一夜之間，這些殖民地物件都不見了，不過，我們仍在，各人緊守崗位，儘管教學環境越來越不理想，我們隨機應變，不放棄一個學生。」

「陳主任，我真的不懂……」周小明尷尬地捧着「咕咕」作響的肚子。

「對，你們還沒吃午飯。」

「是……」

「我請福伯留了飯盒給你們。快去找他。」

「知道。」周小明這句聽得最明白，率先逃下樓梯，不再留下聽那些不明所以的道理。

我走在後面，依稀聽見陳主任在我們背後説：「你們的年紀還小，現在當然不懂。不過，孩子太世故，反令人不安。」

* * *

水落石出，「逾期還書」結案。

我一直好奇，朱婉儀到底學到甚麼功課？

苦無機會打聽。

過了一段日子，學校發生另一宗「二級不雅」事件（又是茶杯風波），之後，朱婉儀竟然戲劇性地與周小明、趙莉化敵為友。我若不知道底蘊，就稱不上「諸事八卦」，所以特地請周小明吃下午茶，向他打聽。他一邊吃美味的餐蛋麵，一邊告訴我關於朱婉儀的事（當然是朱婉儀告訴他的）……

「逾期還書」當日下午四時半，朱婉儀返抵家門，她悶悶不樂的，連課外活動也提不起勁參加，拿鑰匙打開大門，只見朱太太坐在客廳談電話。

「政府熱線，我姓朱，我要投訴食環署職員失職，那人姓林，他身為公職人員……」

「媽，回來了。」朱婉儀關上大門。

「噢，請等一下。」朱太太用手掩着話筒，回身告訴女兒：「我收到陳主任的電話，真相大白了。」

「對，是趙莉坑我，她主動向老師自首。」

「依我的看法，雖則自首，亦應重罰，以儆效尤。婉儀，我買了芝士蛋糕，放在雪櫃裏，妳先更換衣服、洗手洗臉，再拿蛋糕吃。」朱太太放開話筒，繼續投訴，「政府熱線，那個姓林的食環署職員，工作不夠專業，態度散漫，有負公眾期望……」

朱婉儀把書包扔在牆邊，沒再說話，踱回房間，沒洗手洗臉，沒更換衣服，沒精打采地躺在床上。房間外面，朱太太投訴完食環署，再投訴康文署，越說越激動。朱婉儀拿枕頭擋在臉上，掩着耳朵，她不想再聽見投訴、失職、譴責等用語。她把臉埋在枕頭下，偷偷哭泣，滿腔委屈，無處申訴。真相大白，應該是高興的，但，她一點也不覺高興。自己明明是受屈者，下午趙莉自首的消息在校園裏不脛而走，同學都知道實情，竟然沒一人為她抱不平，或者前來慰問她，大家反而一面倒的同情趙莉、鼓勵趙莉。為甚麼大家都不分是非黑白？她完全想不通。直至放學，只有旁邊的指指點點、背後的竊竊私語，沒人跟她說話，除了陳主任在學校門口跟她說了一句甚麼的，那時她心不在焉，聽不進，回家後更記不起。

「為甚麼……」她不斷回想，再回想。

西斜的日照從對街兩幢「屏風樓」之間的空隙穿過，射在房間朝西的窗子上，百頁簾把陽光篩成一道斑馬線，照落她的腳旁。

微塵在陽光中旋轉翻飛。

人生於世，恍如滄海一粟，不見得有誰高人一等。人生路，長不長，短不短，走走停停，高低曲直，各人所走的路不盡相同，但殊途同歸。

年輕人有時會迷路。

迷路時，最需要的是一盞指路明燈。

「朱婉儀，想不通，隨時找我。」

她記起了，陳主任在學校門口跟她說。

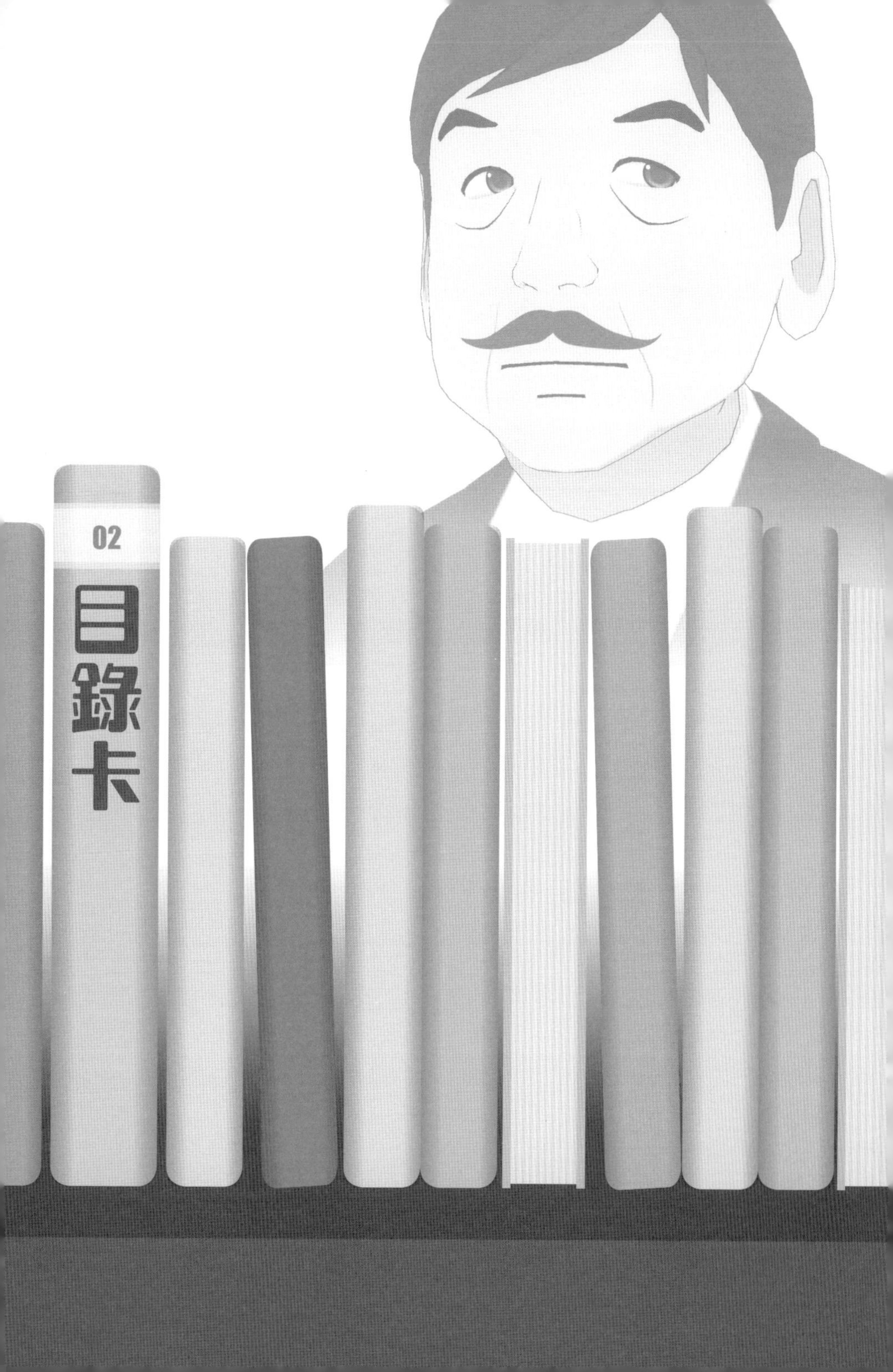
02
目錄卡

「報告，亞陳就位。」

穿上一身保安員制服的亞陳，來到圖書館正門的保安崗位，透過無線電通訊器向上司報告位置。

「收到，你站在最前線，要打醒十二分精神。」耳機傳來上司的提醒。

「是，各手足互相照應。」亞陳把通訊器掛回腰帶上，拉直領帶，挺直腰板，開始注視每一個進出圖書館的人。

上司選派亞陳充當保安員的理由，據聞有兩個。第一，同事之中，以亞陳的年紀最大；第二，亞陳經常到圖書館看書，熟悉圖書館的環境。

第一點，亞陳同意，一般的保安員大都是上年紀的大叔和阿姨，找個年輕力壯的新紮師兄充當，反為礙眼。亞陳年屆五十，因工作關係，平日食無定時、風吹日曬，又缺乏適當調養，外貌較同年紀的人蒼老，他站在保安員行列裏，融入環境毫無難度。

至於第二點，上司其實誤會了他，他不錯經常到圖書館，但已是二十年前的習慣，而且他從前到圖書館亦不為看書，而是看目錄卡，自從一九九〇年代末期圖書館全面電腦化，目錄卡被淘汰以後，他再沒踏足圖書館了。那個古怪又古老的嗜好，不容易解釋，他亦不是斤斤計較的人，當保安員也好，當清道夫也好，甚至乎當流浪漢，既然上司有令，他會照辦，這叫作專業。

在圖書館正門值班的保安員，主要負責維持秩序，工作並不辛苦。例如，當進來的人仍拿着手提電話高談闊論時，保安員便要上前友善地提示對方，進入圖書館請保持安靜；或者，當離開的人經過閘門時，門上的感應器發出嗶嗶聲，保安員便要上前友善地詢問對方，身上是否攜帶未經借書程序處理的圖書館資料。過程一點都不複雜，只要保持禮貌，避免令對方誤會自己被誤會違規，這個保安員便稱得上稱職。

儘管工作不辛苦、不複雜，亞陳對於面前談手提電話的人，或觸動感應器的人，一概不管，他的目標是正門外面的廢紙回收箱，以及接近廢紙回收箱的人。

身為保安員的亞陳為甚麼不務正業？

因為，他不是受僱於圖書館的保安員，他真正的身份是警察，正跟進一宗綁票案，肉參是一位姓林的本地商人的獨生子，綁匪唯一的指示是，林先生須在今天下午五時獨自把贖金投進圖書館正門外面的廢紙回收箱內。

「差不多五時了。贖金隨時送到，大家加倍留神。」上司的語氣變得緊張。

在現場部署的，除了保安員亞陳，還有對面大廈天台上的監視小隊、路旁巴士站的候車乘客和流浪漢、在公園裏打掃的清道夫。總之，警方佈下天羅地網，綁匪一露面拿取贖金，亞陳負責拘捕，當然大前提是已確定肉參安全。

「喂！喂！哥哥、趙莉，你們走慢一點，等我一下……」

三個初中學生走進圖書館，年紀較小的女孩在後面叫嚷。

「小明，稍等一會，小麗還在後面。」走在前面的女孩拉停男孩。

「她真麻煩，硬要跟着來，人矮腿短就要加密腳步，慢吞吞的，真討厭……」

「同學們，進入圖書館要保持安靜。」同在正門當值的保安員阿姨把食指放在嘴唇前，示意安靜。

三人吐一下舌，縮縮肩膀，向保安員阿姨致歉，不僅閉上嘴巴，更放慢腳步。

當他們經過玻璃門時，看見門前的亞陳，三人登時一愕，露出驚訝的表情。那叫小麗的女孩還不自覺地向亞陳鞠躬。亞陳板起臉孔，刻意用拇指和食指抹一下唇上的八字鬚，向三名初中學生作出暗示，人有相似，眼前人並非他們的陳主任。

小明和趙莉隨即會意。小明連忙按住小麗的嘴巴，以防她高聲喊「陳主任，午安」。趙莉在她耳畔低聲提醒：「陳主任沒鬍鬚的。」

「樣子一模一樣的……」小麗滿肚疑問，進入圖書館大堂後，仍不住回頭張望。

亞陳早已見怪不怪，他的孖生弟弟在陽光中學任職教務主任，這三名小朋友相信是弟弟的學生。他經常在街上被錯認作陳老師，所以二〇〇五年他第一次在電視上看到孖生兄弟樂隊 Soler 演出，便決定效法兄長 Julio 留鬚，給人一個面容上的識別，他有別於孖生弟弟。

小朋友們在大堂查看電腦目錄。小明與趙莉有商有量，惟獨小麗不住回望亞陳，或許在她稚嫩的認知裏，沒孖生兄弟這個概念，仍不解陳主任為何貼上假鬍鬚跑到圖書館當保安員。小明和趙莉似乎找到合適的書本，正拿紙筆抄寫分類號。亞陳不再看他們，繼續注意那廢紙回收箱，不似怎的，想起昔日圖書館的目錄卡，年青新一代現在使用電腦目錄，失卻翻掀目錄卡的樂趣。亞陳唸中學時，圖書館的目錄卡排放在一組組的抽屜內，他最喜歡隨意拉開其中一格，隨意翻開其中一張，先用指頭遮蓋右上角的分類號，才看書名，再由書名猜想基本分類，例如，《中國通史》是 610 中國史地類，《中國通脹》是552經濟類，《中國造林》是436農業類，有趣得很，像猜謎一般。不過，很多時，光看書名不容易猜中分類，例如《中國造型》是909藝術史，就費解了，不服氣的話，便要跑到那個書架，取那本書翻閱。

「林先生已抵達圖書館，大家留意附近的可疑人物。」通訊器傳來上司緊張的聲音。

「我看見他。」亞陳把注意力集中在廢紙回收箱，但見林先生獨自一人，捧着一個脹卜卜的十八吋風琴式公文袋，憂心忡忡地走近回收箱。周遭都是匆匆而過的路人，沒發現有誰特別在意他。其他的喬裝警察也沒報告，相信亦一樣，沒發現可疑人物。

林先生的年紀跟亞陳相若，是個白手興家的老實商人，一向作風低調，衣着樸素，其貌不揚。他沒遞上名片給你，你多半以為他只是尋常的路人甲乙丙，不會聯想到他是個有錢人。這次他被綁匪看中，經驗與直覺告訴亞陳，事有蹊蹺，便向上司建議從林先生的親戚、朋友、公司職員等圈子入手調查，收窄至「熟人」範圍，或有意外收穫。可是，年青有為的新上司擁有犯罪學學位，相信理論與科學，作風一板一眼，辦案講求證據，工作需符合指引，批評經驗與直覺虛無飄渺，欠缺理據支持，無從掌握。亞陳惟有識趣地閉上嘴巴，聽從上司安排，留守圖書館正門，監視贖金交收。亞陳明白「老差骨」的查案手法已不合時宜，遲早被淘汰，下場就像圖書館的目錄卡。

林先生慢慢走到廢紙回收箱前面，神經質似地擦摸公文袋上封口的牛皮膠紙，焦慮地看左看右。亞陳瞧得出，林先生或在擔心即使交付贖金，兒子不一定平安回家。已走到這一步了，還猶豫甚麼？放進去吧，把綁匪引出來，警察自會盡力破案，救出肉參。亞陳默默為他打氣。

林先生彷彿聽見亞陳的心聲，一咬牙，便推開廢紙回收箱的頂蓋活門，打算把公文袋投下去。

就在此時——

「衰天！病天！臭天！已經五時多了，仍然陽光猛烈，熱得我一身汗，圖書館的冷氣又勁，走進去，一熱一冷，想害我生病麼！」

一人站在石階上，左手撐腰，右手指天，破口亂罵。

亞陳瞧那人，五短身材，人矮聲大，聲音沙啞，一身污穢，頭戴一頂舊棒球帽，遮蓋大半張臉，不知是男是女。

路人紛紛駐足圍觀，更有人拿手機偷偷拍攝。

「你們看甚麼？拍甚麼？妳拍我，我也拍妳。」那矮子也掏出手機，追着一個少女拍攝，嚇得少女慌張走避，引起一陣混亂。

混亂使舉棋不定的林先生更加舉棋不定，他把公文袋抓得更緊，一臉進退兩難。

「那是甚麼人？」亞陳問保安員阿姨。

「常客。常在公園、圖書館一帶流連。」保安阿姨指着腦袋，「這裏有毛病的。」

路人的混亂不僅影響林先生，同樣地，也可能影響混在路人中的綁匪，令他們卻步。那矮子繼續鬧下去，或把事情鬧大，例如弄傷旁人，到時軍裝警察不能不到場處理，綁匪就更不敢露面了。

「Sunny，你出馬。」上司立即應變。

「老友記，我昨晚贏了夜馬。」呆坐巴士站旁的流浪漢突然從褲袋裏抽出幾張鈔票，跑上石階，一把抓住矮子的手，「看，我贏了錢，我請你吃飯，有錢一起花。」

便硬生生的把矮子拖離圖書館。

圍觀者聚得快，散得快，未幾，圖書館門外回復一貫的行色匆匆，沒人在意廢紙回收箱前面的林先生。林先生冷靜下來，大大的吸了一口氣，終於拿定主意，把公文袋投進箱內，轉身離去。

亞陳看着林先生的肩背微微顫抖，拿起通訊器確認：「贖金已經投放指定位置。」

「進入關鍵時刻，大家打起精神，不能鬆懈，留意所有接近贖金的人。」上司不

厭其煩地提醒下屬。

下午五時過後，職員下班，學生放學，順道或專程到圖書館借還書的人漸漸增多，慢慢形成另一個進出圖書館人次的高峰時段，每分每刻總有人從巴士站那邊朝着圖書館走來。那是路人？抑或是綁匪？亞陳要在短時間內作出二分。亞陳了解二分也是圖書分類的基要理論——相同性終止。路人與綁匪雖同屬人類，但此時此地兩者不相同的分界線，是路人不會取走贖金，這是明確分類。為了排除混淆，警方早已知會廢紙回收的營運機構，今天之內不派人到場運走箱內的廢紙。所以，待會開箱的人，有充份理由被歸類為綁匪。

「有人接近回收箱。」大廈天台上的監視小隊示警。

「仍未確認肉參安全獲釋，大家緊守崗位，不要打草驚蛇。」上司作出慎重的指示。

「我看見他了，他剛停下來，就在回收箱旁邊。」亞陳緊緊盯着站在廢紙回收箱前面的男子。那人三十出頭，身穿西裝，戴金絲眼鏡，挽着一個公事包，斯斯文文的。亞陳心裏盤算，那男子橫看豎看，沒一分像綁匪，然而，人不可以貌相，綁匪額上不會刻着一個賊字，為了破案，警察不能抹煞任何可能。

看時，那男子打開公事包，取出一疊A4紙，投進回收箱裏，接着走開，步進圖書館，在亞陳面前從容經過。

他肯定可被歸類為路人。

亞陳暗自鬆一口氣，繃緊的神經稍稍舒緩。

「那人不是綁匪，大家不可鬆懈。」上司的語氣有點失望。

再看廢紙回收箱那邊，剛才那矮子的瘋言瘋語倒有幾分道理，下午五時過後，陽光依舊猛烈，西斜日照恰巧在兩幢樓宇之間直射回收箱周圍，那位置沒樹蔭，也在有蓋行人通道以外，熱烘烘、光刺刺的，亞陳佇立正門的上蓋底下，雖沒被陽光直接照射，也感受到從空地反射過來的光和熱，雙眼不期然瞇起一半。其他進出圖書館的人，寧願捨棄捷徑，在迂迴的行人通道上繞道而行，也不走直線橫越回收箱所在的那塊空地。

時間一分一秒溜掉，自林先生投放贖金後，過了二十多分鐘，期間除了那穿西裝的男子放進一疊A4紙外，回收箱附近似是生人勿近，人們全都走在行人通道上，他們真的沒一個是涉案的綁匪？亞陳心裏問。

即使不是綁匪，俗語有云「一樣米養百樣人」，他們都可被劃分成不同類別，如藍領白領、男女老幼、黃種人或白種人等。正如杜威（Dewey）在一八七六年把人類知識劃分成十大類別，利用分類號把書本的內容特徵作高度濃縮的概括描述。亞陳佩服杜威的識見，也佩服劉國鈞那份中西融會的拿揑功夫，一九二九年劉國鈞擔任金陵大學圖書館館長，參照杜威分類法，融會中國的目錄學，編成中國圖書分類法，一直沿用至今。

由玩分類遊戲到佩服前賢，年少的亞陳曾立志將來上大學修讀圖書館學，鑽研圖書分類法。聽完少年亞陳的志願後，班主任告訴他，隨着電腦科技廣泛應用，以及跨科學問日漸流行，模糊分類將成主流，勢必取代傳統的明確分類，到時舊有的分類法會成為明日黃花，像亞陳覺得趣味盎然的目錄卡一樣，遭到棄用，成為圖書館的歷史。於是，亞陳打消升學的念頭，中學畢業後在社會裏打滾了好幾年，每年轉換工作，總不遂意，最後投考警察，加入警隊，學習分辨好人與壞人，一幹便到現在。

「又有人走近廢紙回收箱。」沉寂了一段時間的監視小隊再次報告。

「那是……」亞陳回過神來，乍見一個衣衫襤褸的老人撐着破雨傘，拖着兩輪金屬小車，從行人通道緩緩走出空地，便問旁邊的保安員阿姨：「那是甚麼人？」

「他是個拾荒老人，在附近一帶撿拾破爛，不時打開回收箱，撿走廢紙，拿去變賣。」

「回收箱不是上鎖的嗎？他怎打得開？」

「門鎖並不堅固，一拉就開。」

説着，那拾荒老人果然輕易把回收箱門拉開，俯身搬弄箱內的廢紙。

「那是個拾荒者。要阻止他嗎？」亞陳退開，細聲請示上司。

「不可。」上司斷然否定，「他可能是綁匪的跑腿，也可能是綁匪假扮，即使都不是，你貿然出面阻止他，綁匪便知道警方在場，交收贖金告吹，或會危害肉參。」

「他那柄可惡的雨傘阻擋視線，我們看不清楚他有沒有拿走公文袋。」監視小隊在大廈天台上抱怨，「亞陳，你確認一下。」

「收到。我這就過去確認……」阿陳移步離開正門，卻被一人突然攔住去路。

「我沒見過你，你是新來的嗎？」

攔阻亞陳的，是另一個老人，不過，這老人衣着光鮮，精神奕奕。亞陳閃身靠左，打算越過老人，卻被對方扯停。

「伯伯，請不要拉住我。」

「你別跑，你既是新來的，我要 test 你，現在一張 library card 可借多少本書？Answer me。」

「我不清楚，你進去問櫃檯職員吧。請你放手。」

「那拾荒者開始從箱內拿取廢紙了。亞陳立即確認他有沒有拿走公文袋！」上司斥喝。

「Bullshit！你甚麼態度呀？敷衍塞責。」老人纏着亞陳不放，「你雖然當 security guard，但不等於你可以 ignore 館務，你既是 library staff，就有 responsibility 服務市民。我告訴你，做人要有 motivation 和 ambition，看你也不是初出茅廬的 young man，怎能如此 naive？我當年擔任跨國企業的 CEO 時，最重視 staff training，不管職級高低，我都給予 opportunity，誰有 talent，我就晉升誰，像你這種 lazy man，老早被我 fired！」

「請你讓開，我有事要辦。」

「亞陳，你跟那不相干的老人糾纏甚麼？那拾荒者離開啦！」上司的咆哮震得亞陳的耳朵嗡嗡作響。

「伯伯，你有甚麼問題，我為你解答吧。」保安員阿姨過來為亞陳解圍，「他今天新上班……」

「新上班從來不是躲懶的藉口。你呀，我跟你說話，你怎不看着我？eye contact你懂嗎？impolite！你到底看甚麼？呀，你在看那個拾荒者，他比我更重要嗎？少壯不努力，老大徒傷悲，你這樣做事，他就是your future。」

「Shut up！」亞陳動氣了。

「你敢罵我！我這就去找館長投訴你，我經常向館長投訴，他怕我三分，我要他炒你魷魚。」

「你不用去。我不幹啦！沒義務聽你吹牛。」亞陳除掉領帶，扔落腳前，不再管吹牛老人在背後謾罵，一逕跑往廢紙回收箱，扯開箱門，探頭一看，立即報告：「公文袋不見了，那拾荒老人撿走公文袋。」

「那拾荒者正沿着大街向西而行。」大廈天台上的監視小隊指示目標人物所在。

「所有人盯緊他，看他往哪裏去？把贖金交給甚麼人？機會只有這個，你們不容有失！」上司額上青筋暴現的樣子，亞陳不難想像。

亞陳一口氣跑過行人通道，追出大街，會合清道夫 Vincent、候車的 Yvonne，以及不知把矮子安置在甚麼地方的流浪漢 Sunny，四人一同向西追趕。

「目標左轉進入第三條橫巷，我們在天台，視野受阻，看不見他。」

「Sunny 和 Vincent 由巷尾包抄，他一定在巷內把贖金交給綁匪。一個都不能給他們逃脱！」上司肯定地説。

亞陳四人互相打個眼色，亞陳與 Yvonne 轉入橫巷，清道夫與流浪漢繼續往前奔，從橫街繞到巷尾。

「聽着，剛收到西貢警署的通知，肉參在西貢獲釋，正由警察護送返回警署。即是説，肉參安全了，你們可以拘捕任何可疑人物。」

「收到。」亞陳把證件別在口袋上，拿着 Yvonne 遞過來的警槍，與 Yvonne 一前一後的向橫巷深處推進。

橫巷又暗又濕，瀰漫着一股穢臭。

懸掛大廈外牆的冷氣機從高處噴出陣陣熱風，嗒嗒滴水自機身丟落凹凸不平的地面，匯集地面的污水，在凹陷處聚成大小不一的水窪。

亞陳的前腳「沓」的踩中水窪，濺起水花，嚇跑一隻躲在牆腳破竹籮後面的老鼠，「咻」的竄進污水渠裏去。

多走幾步，隱約看見一人坐在大廈後樓梯出口位置，那人的坐姿是上身挨着太平

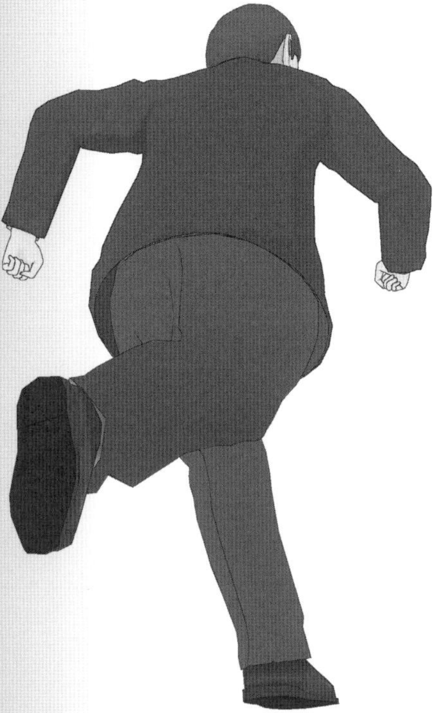

門，席地而坐，把雙腳伸出橫巷。

此時，Sunny和Vincent出現在巷尾，Sunny朝亞陳打個手勢，示意沿路沒發現那拾荒老人。

亞陳指着太平門，他們會意，一同迫近目標。

「嗒——」水滴打中亞陳的肩頭，他渾然不覺，聚精會神盯着目標，以防對方突然發難，經驗提醒他，趕狗入窮巷的後果是反噬。

四人一步一步的推進。

那目標的所在位置，陽光照射不到，雖有路燈，但還沒到亮燈時間，昏昏暗暗的，對方在幹甚麼？手裏有沒有武器？一概難以確定。Yvonne從手袋裏取出電筒，照亮太平門。

亞陳第一時間舉槍跳過去，厲聲喝道：「警察，別動！」

對方沒反應。

細看，那拾荒老人醉醺醺的靠着太平門坐在石級上，左腿外側放着半瓶拔蘭地酒，公文袋擱在右側的金屬小車之內，與雜物混在一起。

Sunny 和 Vincent 上前拘捕拾荒老人。

亞陳拾起公文袋，發現封口的牛皮膠紙已被人撕毀，更令他震驚的是，公文袋裏竟然裝着大疊舊報紙，沒半張鈔票。

贖金不見了。

*　*　*

「開會，大家過來開會。」上司把大疊文件「啪」的擲落桌面，皺起眉頭，環視辦公室，「人都到齊了嗎？亞陳在哪？」

「來了。」亞陳剛從外面進來，腋下夾着報紙，「我剛上廁所。」

上司心情欠佳，一眾探員誠惶誠恐地各自拿着檔案，急步走向會議桌。

「輪流報告最新進展。」上司拉椅坐下，拉長臉孔，「就由肉參開始。」

「是。」Vincent 打開檔案，「肉參叫林志堅，十七歲，中學生……」

「不要囉嗦，直接跳入正題。」上司一臉不耐煩，「就由西貢開始。」

「是，是。林志堅昨天獲釋的地點，是西貢大網仔路的沙下石灘。他告訴警察，在前天放學後被擄，期間一直遭布袋蒙頭，加上驚慌，對於綁匪的容貌、人數、藏參地點，全然不知。綁匪昨天開車把林志堅送到沙下石灘，林志堅確定綁匪離開，人生安全沒威脅，才敢除下蒙頭的布袋，跑到石灘旁邊的士多借電話報警。另外，石灘位置偏僻，人跡罕至，現陽附近沒 CCTV，也沒人留意有甚麼可疑車輛駛經上址。」

「線索……一點也沒有，真頭痛……」上司拍一下側額。

「站在綁匪的角度，實在太完美了，完美得難以置信。」亞陳沉吟。

「你想說甚麼？」

「沒甚麼，直覺而已。」

「我不想知道你的直覺。你負責跟進贖金的線索，報告。」

「Yes，Sir。鑑證同事在裝贖金的公文袋上找到四組完整的指紋，分別是我的、事主林先生的、拾荒老人的、程淑美的。程淑美是林先生的秘書，協助老闆安排贖金，她依照綁匪的指示，從銀行提取總值二百萬的一千元紙幣，每十萬元一疊的用橡筋紮起，放進公文袋裏，在袋上找到她的指紋，該沒可疑。至於公文袋裏的舊報紙，鑑證同事發現許多殘缺的、雜亂的指紋，大凡舊報紙都是如此，對調查工作沒幫助。」

「容我插口。」Sunny 道：「以林先生的家庭，綁走他的獨生子，勒索二百萬贖金，綁匪未免太克制吧？」

「根據小道消息，林先生是個孤寒財主，極其吝嗇，二百萬已是他的上限。站在綁匪的角度，增加贖金，討價還價耗費時間，現鈔沒這麼爽快、順利的到手，風險無形中相對增加……」

「亞陳，你是綁匪的一分子麼？你怎知他們想甚麼？簡直荒謬！」

「逆向思考嘛……Sorry，Sir，我繼續報告。那拾荒老人方面，他聲稱，昨日有個男人給他五百元，着他五時十五分打開圖書館門外的廢紙回收箱，取走箱內的公文袋，把它帶到橫巷交給那男人，到時那男人再給他五百元，還請他喝拔蘭地。後來，拾荒老人取了公文袋去到橫巷的指定位置，不見有人，只見地上放着一瓶拔蘭地，他很久沒喝洋酒，忍不住拿起來喝了幾口，打算邊喝邊等，另一方面，他好奇，又忍不住打開公文袋看看，若果是錢，他便私吞，一走了之，結果只發現舊報紙。」

「他的口供……有許多疑點需要補充，例如那男人有甚麼特徵？你有沒有追問下去？」

「問了，那男人留鬚，還有……」亞陳翻掀記事簿，「戴帽的。」

「戴甚麼款式的帽？沒其他特徵嗎？街上，鬍鬚佬多的是，你也有鬍鬚，你怎不仔細問清楚？」

「我已再三追問，但拾荒老人怎也記不起來。他今年七十有五，老眼昏花，耳朵撞聾，又曾喝醉，影響記憶力，他記得這些已經不錯了，難再苛求。」

「可惡……」上司想了想，「這樣吧，市區的天眼較郊區的多，你們以圖書館作中心點，走遍四周的大廈和店舖，翻查各處的 CCTV 錄影，還要做問卷調查，務要辨出那神秘男人的面貌。重點還是那座住宅大廈，神秘男人約拾荒老人在大廈的後樓梯出口等候，又故意遺下洋酒，極有可能趁老人喝醉時，他從太平門出去，換走贖金。」

「太平門是由內向外推開的，我與 Sunny 拘捕拾荒老人時，他正靠着太平門睡覺，阻塞出口，神秘男人不可能推開太平門。」

「放屁！在你們還沒抵達太平門前，怎能確定老人前一刻的坐姿？我需要證據，不是空口講白話，快去調查，去去去，散會！」

「Yes，Sir。」

上司橫他們一眼，收拾文件，憤然離座。

佈下天羅地網，仍被綁匪成功取去贖金，不僅手法不明，更糟糕的，就連綁匪的身份也不明，作為現場指揮官，上司責無旁貸，面目無光，罵人出氣，他的心情，亞陳同情，卻不認同。

「我們加把勁，不能讓綁匪逍遙法外。」亞陳拍幾下掌，盡前輩的本份，鼓舞年輕同僚的士氣。

待上司去遠，Yvonne 扯一下 Sunny 的衣角，低聲問：「純粹個人好奇，你昨天把那大吵大鬧的矮仔安置在甚麼地方？」

「矮仔？那是個女的，不是仔。」

「女的？」亞陳停住腳步。

「我帶她到快餐店，為她買了一碟叉雞飯，她吃飯時除下棒球帽，露出亂蓬蓬的長髮。」

「男人留長髮，不稀奇。」Yvonne 不相信。

「不止長髮，她的樣子雖醜，但身材仍有些許女性特徵。」Sunny 眨眨眼睛，打量 Yvonne，「要留心觀察，方可發現。」

「壞蛋！」Yvonne 作勢摑 Sunny 的耳光。

「別玩啦。」亞陳指一下上司的房間，「快去幹活。」

Sunny 知機，第一個跑出辦公室。Yvonne 和 Vincent 隨後。

趕跑眾人，亞陳再瞄一眼上司的房間，從沒放下百頁簾的窗子看進去，上司一面談電話，一面鞠躬道歉，誠惶誠恐的。一級責難一級，官場生態，見怪不怪。

亞陳一笑置之，徐徐步出辦公室，又想起目錄卡，傳統的明確分類，到了這個年頭，果然大有被模糊分類取代之勢，本來男女之別，明顯不過，現今社會，男不男、女不女，漸成常態。本來，綁匪與肉參之間的「相同性終止」清晰明確，一九七三年卻出現斯德哥爾摩症候群的模糊狀態。

對於破案，他有點模糊的頭緒，但還沒確實證據，只是猜想，為免捱罵，暫不告訴上司。

上司口口聲聲着重科學與證據，骨子裏是官僚作風，害怕揹黑鍋，做事依足指引程序，不敢冒險。

真正的科學具冒險精神，大膽假設，小心求證。

現在，亞陳就去冒險求證了。

＊　＊　＊

亞陳的學歷不高，英語不好，又沒公餘進修自我增值，平日沒討好上司，作風我行我素，有份破案，功勞歸給別人，他不在乎，退休的日子臨近，他更加不在乎。在上司眼中，亞陳早被歸類為落伍、不進取、沒野心的老派公務員，追不上時代，幾乎一無是處。其實，亞陳有很多優點，上司不懂欣賞，例如他做事有創意、敢冒險、不因循，還有人脈廣、點子多。今晚，他向製作電影道具的朋友文仔借了一台噴煙器具，來到一處住宅單位門外，把連接噴煙器具的膠管塞進單位大門下的罅隙，啟動開關，黑煙沿着膠管噴進單位之內，然後看着腕錶計時，聽見單位之內傳出咳嗽聲，屋內的燈光接着亮起，他立即拔走膠喉，把噴煙器具交給身後的 Sunny。Sunny 扛着仍在噴煙的「惡搞工具」迅速離開樓層。亞陳躲進後樓梯，繼續計時，讓屋內的人拿取貴重物品，再發出手機短訊，傳給走廊另一端的 Yvonne 和 Vincent。Yvonne 除下高跟鞋，用鞋跟砸爛遮蓋火警鐘的玻璃片，Vincent 則偷進「電錶房」，關閉樓層的電力總掣。

於是，火警鐘長鳴，電力中斷。

住客紛紛開門，只見走廊裏黑煙瀰漫，又聽見有人喊「火警」，為安全計，都逃離「火場」。

亞陳、Yvonne 和 Vincent 混在住客之中走到大廈外面的空地上。Vincent 乘亂跳上 Sunny 的客貨車，把噴煙器具運走。那東西絕不能曝光。

亞陳與 Yvonne 站在牆角，等候目標人物出現，沒多久，那人從大廈跑出空地，挽着一個旅行袋，頭髮蓬鬆，一臉慌張。

「程小姐，真巧。」亞陳走到目標人物跟前，「是火警嗎？」

「我甚麼都不知道……」程淑美乍見亞陳，更加慌張，把旅行袋緊抱在胸前，緩緩退後，然而，人多混亂，不慎踢中 Yvonne 伸出來的右腳，給絆了一跤，摔倒地上。

「小心呀！我扶妳，妳跌了東西，我替妳拾。」亞陳今晚特別慇懃有禮。

「不用你……」程淑美想搶回旅行袋，卻不及亞陳的出手敏捷。

「咦？拉鏈壞了，咦？裏面，這麼多錢！」亞陳故意拉開旅行袋，「嘩！很多錢呢！猜想沒錯，數目該是二百萬吧。」

「程小姐，請跟我們回警署，解釋這些錢的來源。」Yvonne 取出手銬。

程淑美臉上流露沉痛的懊悔，頹然坐在地上，恍若一旦站起身，就要被送上絞刑台，她寧願一輩子坐在這裏。

＊ ＊ ＊

「咯咯——」亞陳敲門。

「Come in。」

「Sir，這是程淑美和林志堅的口供。」

上司瞥一眼亞陳放下的文件，抬頭瞅着亞陳，心情複雜。下屬昨晚瞞着他幹了甚麼勾當，他心知肚明。案雖破了，但亞陳的左道旁門，他絕不認同，更離譜的是，亞陳不僅自己去幹，還帶同出道不久的探員去幹，歪風不可長。

「Sir，你慢慢看吧。我先……」

「等一等。」上司拾起文件，用指頭彈了一下，內容他大略知道——

在警誡下，程淑美和林志堅承認合謀，假裝綁票，騙取贖金。

案發當日，林志堅放學後，用手機傳了一張自拍照給父親，拍照前他把自己弄至曾被虐打的模樣，之後，他拆走手機的記憶卡和電池，跑到西貢躲起來。差不多同一時間，程淑美把預先用電腦列印的勒索信交給老闆，說不知誰人插進公司的信箱內。

林先生於是報警求助，與警察商議後，指派程淑美安排贖金。

一開始，程淑美就私藏贖金，只把裝着舊報紙的公文袋交給老闆。獨子被擄，妻子呼天搶地，林先生心亂如麻，加上多年來程淑美為他打點公務私事都井井有條，因此，他沒懷疑公文袋裏的不是現金。另外，程淑美經常出入圖書館，了解附近街巷的情況，又認得拾荒老人。林先生送交贖金時，她貼上假鬚、改穿男裝，收買拾荒老人去拿取贖金，誤導在場埋伏的探員，令他們空跑一場。

至於她們的犯案動機，不複雜，為要教訓林先生。

林先生以勤儉興家，以節儉持家，不僅刻薄自己，也刻薄身邊的人。林志堅就讀貴族名校，同學經常炫耀新款手機、新款波鞋，自己只得最基本的零用錢花費。而程淑美賣力工作，天天加班，人工卻幾年沒加。兩星期前，兩人在公司樓下相遇，一個要求父親增添零用錢被拒，一個要求加薪沒着落。兩個失望的人在咖啡店裏互相訴苦，埋怨彼此的共同「敵人」，説着説着，生發一個教訓林先生的念頭，繼而發酵出這宗綁票案。

「程淑美住處的所謂火警，是甚麼一回事？」上司開始試探亞陳。

「消防員説是一場惡作劇。」亞陳輕描淡寫，「就我所知，消防處已把案件轉交該區的警署跟進，暫沒發現。」

「當然，惡搞的人那麼聰明。」上司繼續試探，「你與 Yvonne 為甚麼同在現場？」

「我與 Yvonne 約會，湊巧經過，看見有事發生，雖是休班，仍過去幫忙，盡警察的責任。」

「你與 Yvonne 約會？你的年紀比她大那麼多，怎可能？」

「男未娶，女未嫁，約會有何不可？年齡差距不是問題。」亞陳瀟灑地抹一下鬍子，「少女總有一點點戀父情意結。Sir，你還年輕，不了解中年男人的魅力。」

「哼！」上司拿他沒辦法，惟有單刀直入，「開門見山吧，你知道沒足夠證據拿到搜查令，便製造火警，迫使程淑美帶同贖金逃出屋外，對嗎？」

「儘管猜想是蠻有趣的，但對於你沒證沒據的個人猜想，我不予置評。」亞陳輕輕揮手，「Sir，沒其他事，我下班了。我約了 Yvonne。」

「你……」上司無奈放人，「走吧。」

亞陳離去前，臉上表情沒變，眼睛卻靜靜漾開一絲笑意，他心裏想，你這種沒翻過目錄卡的人永不明白猜想的樂趣。

03
參考書

朱子能把靠窗的座位讓給 Mary。Mary 坐下後，卻沒瞧過窗外一眼，只是急急從旅行袋裏取出 iPad，開啟電源。朱子能不禁搖頭，這個世代，年輕「低頭族」不放過任何點撥屏幕的時候，焦點永遠集中於眼前一呎，即使車窗外飛過一隻 UFO，車廂裏有瘋子持刀砍人，也不會第一時間察覺。

「喂，看。」她用手肘碰他一下，「我有做功課的。」

列車駛離紅磡站。

「看甚麼……」朱子能湊過去。iPad 屏幕上，現出一幅「八駿圖」。朱子能認得那是林向東傳來的照片。林向東專做古玩仲介生意，為客戶物色、推介藏品，從中抽取佣金。他的眼光好、門路多，在行內的口碑不錯。

「這張八駿圖照片，我已有。」朱子能不感奇怪，「老闆也把林向東的電郵轉發給我。」

「這幅，你沒有吧。」Mary 神氣地再從旅行袋裏抽出另一頁「八駿圖」的彩色影印本，攤在 iPad 旁邊，一併比較。

兩幅「八駿圖」的顏色相同，佈局一致，比例和實物尺寸看似一樣，內容都以一棵壯實粗大的柳樹為中心，在樹下，繪有八匹色彩不一的駿馬，或坐或臥或站或嬉戲，神態生動，栩栩如生，技法結合中國傳統水墨畫與西洋畫的特色，着重色彩明暗聚焦透視，馬匹和柳樹極富立體感。

朱子能托一托眼鏡，認真比較，兩幅畫中的馬匹，分別頗也明顯，便問：「妳這頁影印本從何得來？」

「圖書館。」Mary點頭回答。

「圖書館的藏書數量，以十萬計，在書海中尋到這一頁，很花工夫呢！妳怎有時間去逛圖書館？」

「簡單，我直接詢問諮詢櫃檯的當值館長，說要看郎世寧的八駿圖。他很快為我找來一冊《清代宮廷繪畫》，再翻開其中一頁『郊原牧馬圖卷』，原來『八駿圖』是別稱。沒館長幫忙，我肯定找不到這資料。還有，我看簡介，才知道郎世寧是意大利人，一七一五年前往中國，曾在澳門學習中文。我對比圖書館的意大利文字典，圖畫的下款簽名，確是意大利文。」

「郎，明顯是外國姓氏。」

「唏！郎朗、郎平，不是中國人嗎？你別說不知他們是誰。」

「我知他們是誰，一時想不起而已。」

「你們這些會計佬，不能老跟數字打交道，要關心周圍的人和事。」

「我沒關心妳嗎？」朱子能輕輕捏一下她的臉蛋。

「痛呀。」她撒嬌。

「說回妳的功課吧。」

「好，聽着。兩幅畫的相異之處，除了一幅的下款是簽名，另一幅的是蓋印，主要還是馬匹。」Mary 一本正經地說下去，「影印本那幅，原件現存台北的故宮博物院，畫中的馬，匹匹過胖。而林向東電郵裏夾附的照片，匹匹健壯，倒符合駿馬的標準。林向東在另一封電郵裏指稱，台北那幅是郎世寧的試筆，效果不滿意，便送給滿清皇帝。以畫論畫，不無道理。我相信，林向東找來的，是真跡。」

「小姐，妳負責交易文件。我負責財務安排。真跡抑或贗品，由古老師鑑定。古老師說那是真跡，才輪到我們參與跟進。」

「說的也是。」Mary 掩着嘴巴打個呵欠，「昨晚忙於執拾行李，睡眠不足，累死了。」說罷，把iPad挪到朱子能的大腿上，再勾住他的臂彎，把頭靠着他的肩膀，舒坦地合上眼睛。

朱子能不累，昨晚睡眠充足，他全沒記掛行李，妻子知道他前往廣州公幹，預早一天為他執拾，還多預備一套內衣褲，以備不時之需。

「妳怎不把那書借走，今天帶上廣州給古老師參考。」他垂頭問。

「那是圖書館的參考館藏，不外借的。」她閉目回答，「而且書很厚。不說你不知，那套書叫《故宮博物院藏文物珍品全集》，共六十冊，單單《清代宮廷繪畫》一冊已有三百頁，除了『郊原牧馬圖』那頁，其餘都用不着，重甸甸的，即使館長讓我借走，大熱天時，我亦懶得捧着它在街上跑來跑去。」

她今天改用淡香水，沒穿平日在中環上班的行政套裝，一身清爽的休閒服，與她的年齡相襯，還不過三十，青春少艾，活潑開朗，不應天天把自己打扮成律政女強人。

列車駛過九龍塘站，因是直通車，並沒停站。

車窗外面，可看見大型商場、私人豪宅、學校、醫院，還有供男女幽會的「別墅」。朱子能間中幻想帶 Mary 到九龍塘幽會，但僅止於幻想，從沒付諸實行，甚至不敢提出。他跟她，無所不談，除了談情説愛，情愛似是兩人的忌諱，或者兩人之間根本沒愛情可言。

在公司裏，沒旁人的時候，Mary 讓他毛手毛腳，隨便一項身體接觸，足以構成辦公室性騷擾。她當然沒向老闆投訴。有時，他們相約喝下午茶、吃晚飯，他同樣對她毛手毛腳，但僅止於毛手毛腳，有次他想在尖東海旁吻她，她低頭避開了。他不勉強她。按年紀，他勉強可當她的父親，聽説她自幼喪父，也許在他身上，她尋回戀父的感覺。在香港，跟她同齡的男子，十之八九欠缺男子氣概，上網一條龍，離線一條蟲，虛擬寫 blog 頭頭是道，當面溝通則拙口笨舌。她沒遇到看得上眼的，並不意外。

而他，事業有成，風趣大方，識飲識食，同齡男人的脱髮、皺紋、大肚腩，在他身上，毫無痕跡。Mary 喜歡他，並不奇怪。

朱子能撥弄 Mary 的髮絲，柔軟順滑，散發幽香。

他喜歡她，但談不上愛。

一直沒聽聞她有男朋友，畢竟，他沒刻意打聽，她亦沒必要提及，正如他從沒跟她談過妻子。

列車駛過大學站，也沒停站。

香港中文大學是朱子能和妻子的母校，讀大學時，他參加中樂學會，學吹笛子，晚上，在崇基學院宿舍，他站在樹影月色底下，獨對吐露港的浪潮起伏，練習吹奏《梅花三弄》、《江河水》、《茉莉花》、《鷓鴣飛》……

後來成為他的妻子的女生，伏在窗前，欣賞他的笛聲。從吐露港吹來的海風撫弄她的肌膚，柔揚的笛聲撩弄她的心靈。

有人在座位間的通道上快步而過，帶動氣流，把那頁參考書的影印本吹起。

朱子能手急眼快，及時抓住紙頁，把它壓在 iPad 之下，順便多瞥一眼兩幅「八駿駿圖」。

駿馬和胖馬，不知怎的，令他想起妻子的轉變。女兒出生後，妻子自暴自棄，任由自己一直胖下去。

然而，更令他不滿的是，妻子不知何時建立一種動輒投訴的生活態度？

儘管人生在不同階段，習性喜好會有所改變，正如他的笛子，今天已成為家中的裝飾品。

但，妻子的改變太大，她變得諸事看不順眼，不但經常投訴、到處投訴，且漸成病態，投訴成癮。最初，她不滿大廈的清潔工作，遂為業主請命，投訴管理公司，經過多番交涉，成功逼使管理公司增聘工人，改善大廈清潔，贏得投訴戰場上首場勝仗。及後，她不滿街上的清潔工作，遂為坊眾請命，投訴食環署，經過一輪電郵狂轟猛炸，成功逼使食環署更換外判承辦商。兩次成功，教她沾沾自喜，滿懷信心地參選大廈業主立案法團主席，順利當選，從此踏上為民請命的不歸路。

由於妻子的語文水平高，輕易在那些過時的指引、條文之中找到漏洞，提出來詰難經辦人員，令對方啞口無言。因此，她的投訴，戰無不勝，所向皆靡。

在妻子彪炳的「戰跡」之中，朱子能最為尷尬的是，妻子染指女兒就讀的學校，當選家長教師會主席，參與校務管理，不時跑到學校指手劃腳，影響女兒在同學間的形象，也為女兒樹立壞榜樣，仗着母親撐腰，有樣學樣，動輒投訴同學，甚或老師。朱子能力勸妻子不要攪擾學校，可惜費盡唇舌，妻子就是不聽。

每天的晚飯，就是妻子自我表揚的時候，她盡情向丈夫和女兒數算投訴成功個案，談到如何折服對手時，口沫橫飛，飯粒亂跳。朱子能煩厭之極，食慾全消。曾幾何時，當朱子能看着妻子拿着筷子，擺出一副指點江山的嘴臉，驚覺她不再是那個閒靜聽笛的女生，當然他也不再是昔日在花前月下吹笛的男生。

對於改變現實，朱子能無能為力。

妻子還有另一條重要「戰線」，就是超級市場。她常去查看架上貨品的說明和價錢，以及檢查貨品的使用日期，逐一審核，發現違反商品說明的、售價過高的、過期的，立即投訴，為消費者請命。

妻子逛超級市場的附帶收穫是晚餐四菜一湯，菜式經常變換，都很美味，但份量太多，朱子能和女兒吃不下，妻子不想浪費食物，常把剩菜吃光，結果越吃越發福，一發不可收拾。

儘管如此，朱子能仍不想失去妻子，不想失去女兒。他但願這想法，不僅是為了責任。

列車駛過上水站，羅湖在望，深圳河對岸高廈林立，一過羅湖橋，朱子能與Mary便成離港人士。

朱子能關掉Mary的iPad，低頭打量她的臉蛋，顴骨稍高，鼻樑不夠挺，嘴唇略厚，不過，年少無醜婦，加上身材豐滿勻稱，自願投懷送抱，拒絕未免可惜。他忍不住吻她的額角、側臉、嘴角。

「噫，衰人，擾人清夢。」她俏皮地反咬他的嘴唇。

他吃痛，仰臉吃吃而笑。

男人偷情的理由，香艷的譬喻有「家花不及野花香」，貪吃的有「鄰家的飯較香」，文雅的有「書非借不能讀」，總之，家裏現存的，不管好醜，都及不上外面的、不屬於自己的，尤其朱子能這類結婚已久的中年漢，偷情可為他尋回久違的戀愛刺激，縱是不長久（亦無需長久）、不真實（卻假不了）、沒結果（或有後果），倒是一份難以抗拒的罪中之樂。

人在旅途上，總是多一分開放忘我，少一分拘謹約束。也許，在即將駛離香港的列車上，沒可能碰見相識的人，Mary 才放開懷抱，把底線後移，讓他吻。那麼，今晚人在廣州，雖然各自訂了單人房，但關上房門，誰到誰的房間，沒人知曉。朱子能期待今晚與 Mary 逾越底線，各取所需。

「鈴……」電話響起。來電顯示是古老師。古老師做事一向認真，知道「八駿圖」出現「雙胞胎」後，鄭重告訴老闆，此畫非同小可，若是真跡，其震撼程度將是全球矚目，應盡快交易。為求慎重，古老師誠邀兩位學長出山，一同鑑定。

「喂，古老師，您好。」朱子能接聽。

Mary 睡意全消，眨眨眼睛，湊過去，耳朵貼着他的電話。

「渾蛋！渾蛋！真是大渾蛋！」

「你幹甚麼罵我？」剛被她罵衰人，又被張老師罵渾蛋，他哭笑不得。

「我不是罵你，我罵那姓林的王八蛋。」

「甚麼一回事？」

「他的畫是西貝貨呢！」

「假的！」他和她都坐直身子。

「今早，兩位學長一到廣州，就急不及待要去看畫。我拗他們不過，不等你們，先跟他們去找那姓林的。誰知一看，那只是臨摹古人的劣作。害兩位學長連夜南下，空跑一場，簡直浪費時間。」

「然則，那宗交易……」

「當然告吹啦！你們不用上來了。」

「我們已在途上，直通車剛到深圳。」

「你們抵達廣州，乘搭下一班車回去吧。我會打電話給老闆，交代一切。就這樣吧。」

「喂，古老師……喂……」

天意！朱子能掛線後，發呆了好一陣，好夢成空的失落令他變得沒精打采，是因交易告吹？還是幽會不成？一時之間他搞不清。總之，天意弄人，他實在無話可說。

而她，把手肘擱在窗框，把頭擱在掌上，歪着臉，掃視窗外，喃喃道：「兩年多沒上深圳，這處，那處，許多新廈落成，設計新穎，外形摩登……」

窗外景物一路後退，人在車上，一直向前。

要過去的終會過去。

誰沒過去？

人總有將來。

時間流逝，地方變遷，年華老去。兩個人在此時此地相遇就是緣份。所謂回憶，猶如把昔日、舊地、故人三點之間一根模糊不清的線重新着墨，這條線會有多長遠？多深刻？是快樂？還是後悔？視乎當下的選擇是否正確。當下快樂，將來後悔，例子俯拾皆是。也許十年後，她嫌棄他，正如他今天嫌棄妻子。

人若能作出一個今生無悔的選擇，決定那刻一定十分清醒。可惜，當處理情慾問題時，人總是不清醒的居多。

列車駛進隧道，窗外一片墨黑。車窗上，她的倒影、他的倒影，朦朧失真。

前面還有一段很長的路，兩人到站後，會有甚麼選擇？

「我們馬上回去嗎？」列車穿過隧道，Mary 突然開口，朱子能嗅出試探的氣味。

「我們可以不回去嗎？」朱子能同樣以試探的口吻反問。

「事在人為。」她仍舊托着頭，歪着臉，望向窗外。

「古老師已通知老闆，我們在廣州再沒公務，不回去等同曠工。」

「請假吧。」

「……」

「朱太太不知道交易告吹。」

「萬一，她打電話到公司找我……」

「她要找你，只會打你的手機。」Mary 轉頭，瞧着朱子能，有感而發，「究竟我們是甚麼關係？我一直弄不清，直至昨天去圖書館，終於有所體會，你視我如同一本參考書，例如一本意大利文字典之類。」

「哈——」朱子能擠出牽強的笑容，「小姐，這個譬喻有點牽強吧？」

「圖書館的字典，有需要，你才去碰一碰。」Mary 臉上沒一絲笑意，「決不考慮把它借回家，或者到書店買一本回家，因為在你家裏已有一大套份量十足的百科全書，容不下一本小小的字典。雖然你終日嫌棄那套百科全書太舊、太巨、太笨，甚至乎你碰百科全書的時間比字典的還要少，但你不敢棄掉百科全書。為甚麼？」

「我想，我們的關係暫時還沒達到家的階段。」朱子能小心措詞，「所以，對不起，我沒想過這問題。」

「我想過，最近想得特別多，二十九即將加一了，不再是豆蔻年華，沒太多青春可以虛度，自然想到歸宿，你們男人逢場作戲，不會想得那麼長遠。」

「……」朱子能又是一怔。

「鈴……」電話再響，一瞧屏幕，來電的是老闆，朱子能平日最討厭老闆的「奪命追魂 Call」，這刻老闆來電，為他解窘，心裏感激不迭。

「喂，老闆……請說……」他趕緊接聽，「是……古老師已給我電話……是，是……」

Mary 轉眼眺望窗外，列車漸漸駛離深圳。

「知道，明白，稍後見。」朱子能掛線。

「老闆怎樣吩咐？」Mary 問。

「老闆說，已替我們取消今晚的酒店房間，以及訂了回程車票，指示我們到埗後在票務處更換車票，立即返回公司。」

他如釋重負，登時鬆一口氣。

因為，老闆已替兩人作了選擇。

可是，他這口氣鬆得太過着跡了。

Mary「嗯」了一聲，當作回應，不再作聲。

「深圳的發展真是一日千里……」朱子能也望向窗外，擠出新話題，「記得半年前有宗新聞，跟深圳有關的，很有趣。有個江蘇人偷渡到香港，打算前往中環打劫，他晚上在沙頭角登岸，由於地方偏僻，不熟路，他在岸邊待了一晚，不敢亂跑，天亮後他看見深圳的高樓大廈，誤以為是中環，便偷了一部單車，向『中環』進發，結果在邊境檢查站被警察截停，自投羅網。哈哈，那人太笨了，換上是我，我會踏單車去上水打劫金舖，總勝過空手折返深圳，自投羅網，哈哈……」

「我不覺可笑，只覺他可悲，也為上水可悲。」

一抹陽光穿過車窗射到兩人臉上，朱子能抬手在額前阻擋陽光，Mary瞇起雙眼，陽光刺眼，她感覺不舒服，用指尖搓揉眼皮，一碰，濕濕的，全是淚水。

04
學生自修室

屈指一數，大約十年沒到過圖書館的學生自修室，翟志權走進去，禁不住放慢腳步，環顧四周，感覺又陌生又親切。

仍在同一所建築物內，眼下的學生自修室，格局跟他當年考公開試時截然不同。一排排OBS纖維板嵌製的長書桌，平均劃分一個個獨立座位，每個座位都豎立三面磨砂玻璃板分隔，書桌上有小光管照明，下有「插蘇」為筆記本電腦、手機、iPad等電子器材充電，學生安坐自己的「小天地」裏專心溫習，完全不受坐在對面和兩旁的人打擾。

然而，好與壞總在事物的兩面，回想當年的座位設施，若非簡單的一張黑色防火膠板枱面、前方和兩側沒分隔板，翟志權就沒機會認識昔日經常坐在對面的女友，更不能藉着傳遞字條、眉目傳情等方法加深溝通，在考試季節結束前互相建立默契，入大學前正式拍拖，直至畢業，現在各有事業，雖然偶有波折、間中爭吵，但感情一直維繫多年不變。

歸根結底，正是這間學生自修室撮合他們。

所以，翟志權今天計劃在這個與女友認識的地方，提升彼此的關係，在學生自修室裏向女友求婚。

求婚戒指早已準備就緒，就藏在他的口袋裏。想起戒指，他又神經質地揑着口袋裏包裝戒指的小絲袋，自下車以後，進入學生自修室前，他這個小動作已重複十五次了，心情就像新郎等候新娘步進教堂一般的緊張和興奮。

小絲袋上的蝴蝶結，妹妹昨晚為他繫的。知悉哥哥打算向女友求婚，妹妹比哥哥更雀躍，特地張羅了六款不同顏色的小絲袋，一次又一次的比襯，最後選定一款玫瑰紅的，小心翼翼地替哥哥把戒指放進去，隆而重之地在袋口用絲帶繫上精緻的蝴蝶結，把心意和祝福一併送給哥哥與未來嫂嫂。

翟志權第十六次揑了揑小絲袋後，選定一個面向門口的座位，坐下等候女友。今年的公開試已經結束，學生自修室裏的使用者寥寥無幾，空位多的是。半小時前，女友傳短訊給他，因公司的會議逾時完結，她要晚一些才趕到。翟志權當然樂意等候。坐在這個位置，女友一踏上平台，他便看見她在長廊末端的倩影，由遠而近，由小而大，由朦朧到清晰，由夢想到成真。想起女友即將來到，他即將開口求婚，心情不期然忐忑起來，一顆心就像初涉青草地、溪水旁的小鹿，撞跳不已。

女友仍未出現，他拿出手機，察看有沒有新信息。WhatsApp、Messenger、Facebook 都累積一大堆，唯獨沒一個是女友的。她大概人在車上，下班時間，車廂沒空座位，站着不方便使用手機。

他無聊地左顧右盼，視線很快捕捉到坐在門口工作檯後面的當值女孩，她披着一件外判承辦商的紫紅色工作背心，十七、八歲，看樣子，多半是在等候公開試放榜、兼職賺取外快的準大學生。由於使用者太少，學生自修室裏沒秩序問題需要處理，女孩難耐無聊，掏出手機，放在工作檯的暗角，偷偷掃撥屏幕。

翟志權心念一動，從背囊裏取出素描簿和炭筆。他從前在大學主修美術，現於中學任教美術，素描是他的強項，也是習慣，長久以來，他的素描簿如同手機、錢包，老是隨身攜帶，每當看見有趣的東西，環境許可的話，總得描畫幾筆。遇上這個當值時偷玩手機的女孩，他豈能錯過？尤其此刻，拿炭筆畫點東西，分散精神，有助舒緩緊張的情緒。

那女孩穿着褪色的藍牛仔褲，褲管近膝蓋部位不羈的開了幾個小洞，上身罩着寬闊的工作背心，看不清楚她的身段，從臉頰、手腳估計，該屬高挑、纖瘦一類。她垂下頭，指頭一下一下的撥弄手機屏幕，幾根長髮垂落稚氣的臉龐，神態像隻貓，安靜而頑皮。翟志權記得，曾幾何時，女友常用指頭一下一下的撥弄他額前的頭髮，不發一言地端詳他的臉，神態也是安靜而頑皮。

然而，大學法律系畢業後，稚氣在女友臉上消失，這個撥弄他的頭髮的動作，再不復見。

當然，人長大了，心智成熟了，社會位份不同了，很多事情不會再作。正如他為人師表後，很多小動作、口頭禪、壞習慣，刻意地慢慢改掉。不過，素描的習慣，永不改變。

由於女友隨時來到，女孩隨時改變姿勢，素描隨時要結束，所以他以速寫捕捉女孩瞬間凝聚的姿態神情。

首先是輪廓，他的筆尖隨視線沿着女孩的身體灑脫地靈活游走，洋溢着個性的線條痕跡一道一道的勾勒在紙上，輕重有致，粗細分明。

下一步，他要運用暈塗技法，以細密的交叉線條造出疏密不同的明暗效果，把畫中女孩的立體感表現出來。

可是，就在這時，女友出現在長廊末端，他要擱筆了。

女友穿着一襲炭灰色的行政套裝，外套底下的綴領白恤衫，襯着脖子上微微閃亮的金項鏈，亮麗的黑色高跟鞋踩在石磚走廊上，發出富節奏感的「嘀咯嘀咯」。她的行政套裝裁剪講究，穿在身上，不僅給人一種專業、穩重、認真的感覺，又凸顯豐滿勻稱的體態美。

翟志權連忙收起素描簿和炭筆，向眼前即將由女友變成妻子的女律師愉快地輕輕揮手。

女友的表情略見疲憊、冷淡，只是稍稍點頭，就連牽動嘴角露出一個勉強的笑容也沒有。翟志權體諒的，經過整天工作，疲累難免，加上大庭廣眾，專業人士舉止含蓄大方，無可厚非。

翟志權心裏千呼萬喚，女友挽着真皮公事包，夾着一陣 Chanel 香氣，「嘀咯嘀咯」的踏進學生自修室。她這身打扮，既非學生，亦非自修者，與環境格格不入，嚇得那當值女孩慌忙把手機撥進抽屜裏，怔怔的瞧着女友，正襟危坐，看來，她誤把女友當作圖書館高級職員突擊巡查。翟志權噗哧一笑，為女友拉開旁邊的座椅。女友環視周圍，徐徐坐下，自言自語地說：「這兒的變化真大。」

「跟我們——初相識——的時候完全不一樣。」翟志權細聲回應，特意在「初相識」前後稍作停頓。

「不經不覺這麼多年了，時間過得真快，阿權，我們在這裏認識的。」女友轉眼看他，流露溫柔的眼神，她領略到翟志權話中停頓的含意，「你約我在這裏見面，不會為了懷舊吧？」

「懷緬過去，展望將來。」翟志權情不自禁地牽着女友的手。她的手有點冰冷，這兒的空調系統似乎沒因應人數減少而自動把室溫調高。

「對，我們在一起很久了，的確是時候談談將來。」女友輕咬下唇。翟志權了解她的「身體言語」，這是她打算認真討論的反射動作。他暗自歡喜，又捏一下口袋裏的小絲袋，心裏驚嘆不已，他與女友之間的對答，比起昨晚自己的構想更完美、更有默契、更快直入主題，大概這就是心有靈犀一點通吧。想起心裏也覺甜絲絲，若非那當值女孩注意他們，他一定湊過去，捧着女友的臉，熱吻她的雙唇。此情此景，他難掩激動地說：「我想得很清楚，我們是時候考慮……」

「我們到外面談吧，自修室畢竟不是交談的地方。」女友瞥一眼那當值女孩，深深吸了口氣，也在盡量壓抑情緒。

翟志權一愕，女友說得有道理，那當值女孩真是一個大煞風景的「電燈泡」，他惟有暫時收起激情，在女友耳畔說聲「走吧」，便為她挽起公事包，揹上自己的背囊，繼續牽着她的手，一同離開學生自修室，轉到後樓梯前的小花圃旁。他仍記得當年在這兒第一次偷吻女友的臉。這位置，這時間，路人稀少，莫說談情，即使擁吻也不受騷擾。

女友站定，安靜地取回公事包，抱在胸前，背靠茶色的玻璃幕牆。翟志權站在她面前，緊張地搓着手，嘗試培養情緒，重新凝聚激情，拿出勇氣延續未了話——「我們是時候考慮結婚。你願意嫁給我嗎？」偶爾抬頭，從高懸在女友頭頂的採光透明玻璃看見漫天夕陽，野鴿呈不規則的隊形，在空中翱翔。待要開口，面前，女友再深深吸一口氣，誠懇地說：「阿權，我真心的喜歡你，你是個一等一的好好先生，有愛心，富正義感，具藝術品味，無私地關懷、愛護身邊的人，但……」

翟志權一面享受女友的讚美，一面把小絲袋握在掌心，預備隨時跪下，送給女友，但女友那個「但」字，令他呆住了，頓時全身冰冷。

「但……我考慮了很久，你並不是我的理想丈夫。」

女友的話，説得不疾不徐、不輕不重。翟志權聽進耳裏，卻猶如頭頂響起陣陣悶雷，沉重的餘音，強烈震撼他的心靈、衝擊他的思緒。

「為甚麼？這麼……多年了，我們……不是很好的嗎？」翟志權縱然思緒混亂，仍成功控制情緒，迅速組織字句，結結巴巴地道出心底疑問。

「難道你不覺得嗎？我們的關係早已到達一個瓶頸位置，彼此的職業不同，生活圈子各異，共同的朋友日漸減少，共同的話題更是寥寥可數，坦白說，我對學生操行、家長投訴、同事疏懶、校長獨裁，一點也不感興趣。若情況不變，我們的分歧只會擴大，往後的日子我們如何相處下去？」

「說到底，在中環上班的律師……瞧不起……屋邨學校的教師……」翟志權按捺不住，說出意氣話。

「不是這樣的。職業無分貴賤，我也是窮等人家出身，絕不介意伴侶的職業，況且老師是一份非常有意義的工作。可是，我從小就有一個想法，我將來的丈夫要具備甚麼甚麼條件。阿權，抱歉得很，你距離我的想法，越來越遠。」

翟志權只是一直搖頭，他想否定女友的想法，但他的思緒雜亂無章，反應遲鈍，張開嘴巴，再也吐不出半隻字。相反，女友不愧是律師，斟酌字句，能言善道，表現冷靜而果斷，她接着說：「我一直想跟你說，卻找不到機會，今天你提起，我自當向你坦白，與其沒結果的勉強在一起，我建議我們給對方自主的空間、自由的時間，在未來的歲月裏，各自過自己的生活。」

「妳的意思是……我們……分手？」

「分手算是一個正確的描述。」女友擠出一絲笑容，提着公事包，緩緩邁開腳步，

「阿權，保重了。」

翟志權心如刀割，眼前一切彷佛並不真實，這女子、這學生自修室、這圖書館，一切一切，都似是虛幻，他好像從沒來過這裏，好像根本不認識她。

「嘀咯嘀咯……」女友漸漸去遠。

當她走到學生自修室門外——

「Mary ——」翟志權從後高聲叫喚她。

那在學生自修室裏當值的女孩探頭向外張望，但自修室外的高聲說話，她管不了。

Mary 立定腳步，回身瞧着翟志權，靜候他的下一句發言。

「是不是有第三者？」

「這個……」一直氣定神閒的 Mary，遽聞第三者，臉色驟然一變，竟然猶豫起來，為難地回答：「我不能確定。」

「妳說甚麼？妳別跑，先說清楚……」

哪管翟志權喊得聲嘶力竭，Mary 再沒停步，她筆直的穿過長廊，跑下平台，不見了。

今天不是愚人節，Mary 不是鬧着玩，她不是愛開玩笑的人，她是認真的。

「為甚麼……」毫無先兆的與 Mary 分手，多年感情三言兩語之間一刀了斷，翟志權怎也接受不了，怎也解釋不通。

學生自修室外面的男女實在太吵，那當值女孩不得不向翟志權作出一個「噤聲」的手勢。當兩人的目光相接，當值女孩露出些許畏懼的神色，翟志權猜想自己此刻一臉沮喪落泊，樣子或許太過嚇人。然而，事到如今，旁人的目光已算不上甚麼，他要追上 Mary，至少弄個明白，到底有沒有第三者破壞他們的感情，可是跑了幾步，又頹然停下，他明白 Mary 的脾性，肯説，她老早説了，不肯説，任他如何追問，她決不透露片語隻字。

翟志權慢慢洩氣，沉重的無形壓力令他抬不起頭，呼吸困頓，雙肩乏力，當他握拳的兩手慢慢鬆開，才察覺緊握掌心的小絲袋已給他弄得又皺又髒，原本精緻的蝴蝶結，狀況更是慘不忍睹。

翟志權重重嘆了一口氣，回頭瞧一眼學生自修室，他與 Mary 的戀愛在這裏開始，做夢也沒想到竟也在這裏終結。

* * *

Mary 今早與同事往廣州公幹，要提醒她小心飲食……

鬧鐘還沒響，翟志權已醒過來，忽然想起昨天與 Mary 在學生自修室分手，Mary 不再是他的女友，不禁黯然神傷，把伸向床頭几拿電話的手收回，橫擱在額上。

灰色的薄雲把天空完全遮蓋，卻無礙雲後的太陽透出熱和光，都市全然甦醒，窗外，成群野鳥飛越長空，街上，引擎隆隆轉動、輪胎輾過柏油路面，車如流水，交通逐漸頻繁。

經歷無夢的一夜，他睜眼盯着天花板，身心依然倦怠，卻了無睡意。昨夜睡了多久？兩個鐘？三個鐘？還是四個鐘？全沒印象。

緩緩爬起，離開睡床，在床頭几摸着眼鏡，拿衣角拭抹鏡片，戴上，把鬧鐘的響鬧關掉，下床，撿起地板上四個空的啤酒罐，步出客廳，走進廚房，把空罐扔進垃圾桶內。原來昨晚喝了四罐啤酒，他一人獨醉？與妹妹對飲？已沒記憶，平日跟朋友喝啤酒，總是一杯起兩杯止，四罐是平生的新紀錄，卻不值得自豪。頭有點痛，喉嚨乾涸，心頭鬱悶，這就是宿醉的感覺嗎？但願長醉不原醒，古人所言寂寞之苦，他今朝有幾分領悟。

倒了大半杯開水，喝了，回到客廳，拿遙控器開啟電視新聞台，再轉進浴室，不是關心時事，只想在屋內弄點聲音，排解寂寞。

妹妹在梳妝鏡上貼了字條——

「哥，我上班了，到公司替你打電話請病假，你睡醒再補電話給校長，你這樣子還是留在家裏，別回學校嚇壞學生。 志珍 :）」

妹妹真周到。她一向體貼，昨晚他帶醉回來，她沒追問，可能已跟 Mary 通過電話，知道分手的事，也可能鑑貌辨色，猜到他求婚失敗，總之，依稀記得，她沒囉嗦，只是默默地照顧他。兄妹倆相依為命，互相照顧，自然心照不宣。

擠點牙膏，開始擦牙。

客廳的電視新聞報道，凌晨屯門公路發生車禍，警察昨晚在旺角的娛樂場所拘捕八名逾期居留的女人，美國總統簽署行政指令限制中東人入境，印尼火山爆發，日本國會議員被揭發貪污，解放軍戰艦駛越台灣海峽，中美貿易戰開打。

擦完牙，洗過臉，故意不刮鬍子。又回到客廳，關掉電視，他錯了，新聞報道不能排解寂寞。曲起雙腿，坐在窗台上，呆望街上的汽車駛駛停停。剛才的新聞，沒一件對他的生活產生直接的影響。

沒有Mary，我還可以生活下去嗎？他無語問蒼天。

其實，他跟Mary的性格迥異，對生活的態度完全不一樣。她仔細執着，他粗疏隨意。比方，結伴到外地自由行，他覺得漫無目的，隨興所至，隨遇而安，才體驗真正的自由；相反，她計劃周詳，機票、住宿、車程、飲食、觀光點等都清晰列明，計算準確，像行軍指令一般，甚麼日子、甚麼時間完成甚麼項目，達不到預期，她會耿耿於懷，繼而埋怨他不花時間參與計劃，要她獨自籌謀，掛一漏萬，因此他們的旅行大都乘興而去，敗興而歸。

他凡事向好處看，認為兩人的性格迥異可互補不足，故沒放在心上，更沒找辦法去解決，現在想起來，原來紅燈早就放亮，他只怪自己的警覺性太低、危機感太弱。

他又以為與 Mary 之間縱有小爭小拗，兩人的感情不會改變。現在回想，自大學畢業後，Mary 已改變不少，只是他忽略了，或許是律師專業訓練的負面影響，她變得越來越好勝，堅持己見的程度，幾乎是事無大小他不退讓不罷休。免卻煩擾，他惟有遷就。可惜，她不懂欣賞退讓、遷就是一種美德，在潛意識裏反覺得是無能者的退縮。有次，因小故爭拗，她衝口而出，罵他畏首畏尾，像隻沒用的縮頭烏龜，他氣得跟她冷戰，可是三天不到，他主動講和。

這段感情，他的確處理不好，現在，後悔太遲了。

沒有 Mary，他仍要生存下去。他還有妹妹，還有一班學生，還有自己的人生，縱然寂寞，仍是要活下去。

光陰一分一秒的溜走，不管快樂抑或傷心，時間不會因而停頓或減速。

肚子咕咕作響。

憶起昨日離開學生自修室後，除了啤酒，再沒別的東西下肚，要生存就要進食，儘管食欲不振。

他攀下窗台，拖着慵懶的腳步，踱進廚房，拉開雪櫃。裏面放滿食物，妹妹持家有道，屋內永遠糧水不缺。可是，吃甚麼？太多選擇，反成障礙，左挑右揀，沒一樣勾起他的食慾。

最後拿了兩隻雞蛋，扭開爐火，煎荷包蛋吃。

看着軟滑的金色蛋黃在鍋底慢慢變硬，環抱的蛋白由邊緣開始變焦變脆，白煙冒起，油香散溢，他開始尋回滋味。

可以上碟了，手機毫無先兆的震動，一看來電顯示，詫異不已，竟是 Mary。大概妹妹相告他昨晚喝醉，Mary 打電話來問候一聲，畢竟曾經相戀。

「喂……」他接聽，沒精打采的，不存任何希望。

「阿權……」她的聲音像哭，雖然她很少哭，但他聽得出她在抽泣。

「Mary，妳在哭嗎？發生甚麼事？」

「別問，你先回答我一個問題。」

他可以肯定她在哭，而且很傷心。

「妳問吧。」

「你願不願意跟我結婚？」

「怎會這樣？妳已決定分手。」

「總之，別問，你只需回答我願意不願意？」

「我……」

鍋裏的荷包蛋漸變焦黑，散發難聞的煨臭。

他會說願意，她亦知道他會說願意。

但，這次，他真的不問情由便一如她所料的遷就她？

要知道她在廣州發生甚麼事一點都不過份，至少弄明白何以戲劇性的由分手變成結婚，還有那個不能確定的「第三者」，他絕對有理由要她交代。

他愛她，百分百願意跟她結婚。然而，當他回答「願意」後，在她的眼中，他仍是一個沒用的男人，永遠都是。

所以，他熄掉爐火，打開廚房的窗子，然後硬起心腸，明確地回答：

「不願意。」

05
一級不雅

「各位同學，歡迎參加初中年級的讀書會。」陽光中學的圖書館主任張老師鄭重介紹，「今天，我們很榮幸，得到本校的家長教師會主席尤金鳳女士蒞臨，擔任讀書會的主講嘉賓……」

「唔——唔，外子姓朱，請大家稱我作朱太太。」尤金鳳儘管突兀地打岔，仍不忘在臉上堆滿親善的笑容。

「是，朱太太——」張老師嚥一下口水，不小心碰釘子，惟有順水推舟，乾脆將整個「主場」讓給朱太太，「大家一定很心急了。我不耽擱時間，讀書會現在開始，請大家以熱烈的掌聲歡迎朱太太。」

「啪……」

在寥落的掌聲中，朱太太圓睜一雙凸眼，跟每個學生作眼神交流，沒遺漏圖書館裏任何一人，趁機看看誰人沒拍掌，「多謝各位同學。今天，我為大家推介一本名著，它是中國四大奇書之一，我個人非常欣賞的，既然是讀書會，我們要讀，就要讀最好的……」

坐在最後排的高個子男孩忽然舉手。

「這位同學，請勿過份緊張，急於發表意見。」朱太太一愕，仍保持大方得體，「我們還有許多時間交流。」

「我有問題呢！」那高個子男孩仍不放棄，右手堅定不移地高高舉起。

「馬大石，別失禮，待朱太太推介書本後，你才發問。」張老師尷尬地為學生打圓場。

「我的問題很重要的。」

「重要的問題？那，你問吧。」朱太太有點好奇。

「讀書會何時結束？」

「別胡鬧，剛開始不久，就問何時結束。快給我坐下。」張老師的臉頓時發青，因朱太太絕不好惹。這次讀書會張老師本來聯絡了作家梁科慶作嘉賓，不知怎的，中途殺出朱太太，她向校長施壓，要以家長教師會主席身份主講讀書會，校長硬撐不住，壓下來，張老師沒法招架，明知學生失望，亦被逼讓步。

「我要練球呢！」馬大石一臉無奈，「明天是校際籃球賽的決賽，教練叮囑我們今天一定要加緊練習戰術和走位。」

「你說的是決賽嗎？」朱太太雙眼發亮。

「對，是決賽。」

「去吧，去吧。為學校爭光要緊，快去練球，加油呀！」

「我也要去排練合唱團，下星期是校際音樂節。」馬大石前面的女生舉手。

「我要參加女童軍步操。」

「我要練習田徑。」

「我要補做數學練習。」

「大家聽我說。」朱太太清脆地拍響手掌，「作為家教會主席，我明白的，課外活動、校外比賽項目繁多，有能力的學生自然分身乏術。這樣吧，凡是代表學校出賽、需要操練的，可以退席，補做功課那位除外。」

「朱太太真是通情達理。」張老師賠笑，繼續打圓場。

執拾的執拾，離座的離座，擾攘一番後，學生大約走掉一半，讀書會只剩下十三人。朱太太掃一眼在座的學生，橫一眼張老師，冷冷地說：「看來，讀書會需要招收新會員了。」

「是是是，我明天立即發通告。」張老師定一定神，面向學生，朗聲道：「好啦，大家坐好，我們繼續。人數雖然減少，但我們的閱讀熱情依然不減。有請朱太太——」

「好，我今天要為大家介紹的好書是……」

「到底是甚麼書呢？」有人低聲問旁邊的同學。

「這本書，就是……」朱太太故作神秘，回身從書架取下一本厚厚的書，「《紅樓夢》。」

「啊——」全場嘩然。六個學生面露痛苦的神色，另外七人則大失所望。

正當眾人嘟嚷之際，一個男生高舉右手。

朱太太認得他，他叫周小明，讀F3B班，是個搗蛋學生，經常跟她的女兒朱婉儀作對。

張老師忙使眼色，着周小明把手放下，卻被朱太太瞥見，用鼻頭「哼」了一聲，道：「張老師，不打緊的，周小明有意見嗎？儘管說吧。」她雙手叉腰，擺出一副儘管放馬過來的嘴臉。

「小明，你可以發言。」張老師內心發愁，祈求周小明小心說話。

「朱太太，聽說古人有云，男不讀《紅樓》。」周小明搖頭晃腦，老氣橫秋，「為了遵行古訓，我提議，《紅樓夢》由女同學負責，男同學則讀別的，例如日本翻譯小說。」

「好耶！」男生一致贊成。

「不公平！」女生齊聲抗義。

男生、女生互相責怪、埋怨，秩序開始失控，眾人不給家長教師會主席半分面子。朱太太哄他們不聽，罵又有損自己的高貴，頓感左支右絀，束手無策。

控制課室秩序，專業的老師當然駕輕就熟。亂子由周小明搞起，張老師自當挺身而出，平息爭拗。

「靜一靜，請大家靜一靜。小明的提議其實不錯，不過他只說了上半句古訓。還有下半句——女不讀《西廂》。」張老師從另一個書架取下一本較薄的《西廂記》，「這樣吧，女同學讀《紅樓夢》，男同學讀《西廂記》。」

「不公平！《紅樓夢》那麼厚。」女生繼續抗議。

「厚？的確是一厚一薄，不公平。」張老師眨眨眼睛，道：「如果朱太太不反對，女同學讀紅樓其中一章……劉姥姥遊大觀園吧。大家可欣賞作者如何從一個尋常老婦的視角，描述大觀園的不尋常。」

這趟，輪到女生贊成，男生抗議。

「Okay，男同學只讀《西廂記》的……」張老師故意頓了頓，笑道：「拷紅。重點是看紅娘如何避過崔老夫人的責打。」

這樣，男女生都一致同意。可是，大家忘卻站在一旁、無從插口的朱太太。

「張老師，這安排，是不是讓我們讀最好中的最好？」一名女生問。

「也可以這樣說。」張老師一時忘形，忽略了喧賓奪主。

「老師，男不讀《紅樓》，女不讀《西廂》，背後有甚麼原因？」另一名女生問。

「我知道。」周小明站起回答，「正所謂男兒當自強，那個賈寶玉終日依戀大觀園裏的鶯鶯燕燕，不思上進，太hea了，男孩子不應學習。」

「唔，提出男不讀《紅樓》的人，的確有這個意思。那麼，女不讀《西廂》呢？」張老師非常享受與學生的交流。

「女孩子的事，我不懂。」周小明攤開雙手，「找個女孩子答吧。」

「女同學懂嗎？」張老師問。

沒人回應。

「我也是女的，我答吧。」張老師瞧瞧《西廂記》的封面，「古人嚴守禮法，男女授受不親，崔小姐瞞着媽媽私會張生，於禮不合。今天，我們雖然活在自由戀愛的時代裏，但女孩子仍要懂得保護自己，不能戀愛大過天，耽溺愛情而不顧後果……」

「妳說完沒有？」朱太太忍無可忍，踏前一步，在張老師耳背咬着

牙關迸出諷刺的質問，「妳好像也不顧後果。」

「啊！説完，説完，對不起。」張老師自知闖禍，慌得背脊冷汗涔涔。

「説完就馬上給我閉嘴。」

張老師趕忙連連後退，讓朱太太重奪「主場」。

朱太太撅一下嘴巴，滿不在乎的，稍移腳步，站在正中位置，説道：「張老師既已安排大家讀《西廂》、《紅樓》，我沒補充了。」

學生如釋重負，都期望朱太太宣佈散會，豈料朱太太轉換話題，接着説：「還有一點時間，我倒有興趣了解大家的閱讀品味和水平。」她改以挑釁的目光盯着周小明，隨即説：「就由周小明開始吧。你剛才提及日本翻譯小説，你喜歡哪個日本作家的作品？讓我猜猜，以你的水平，東野圭吾吧？」

「初中學生讀東野圭吾的小説，已經相當不錯了。」張老師為怕出事，趕緊降溫。

「我在問周小明呢！張老師……」朱太太慍然提醒張老師不要插手。

張老師無奈退開，憂心忡忡，深感這趟「是禍躲不過」。

「東野圭吾嗎？看是有看的。」周小明不知好歹，侃侃而談，「不過，我較喜歡村上春樹。」

「村上春樹，呵——哈——」朱太太輕易捉到周小明的把柄，不禁喜出望外，「香港的淫褻物品審裁處把村上春樹的作品評定為二級不雅，禁止十八歲以下的小朋友閱讀。你呀，人細鬼大啊！難道我校的圖書館存有村上春樹的書？」朱太太回頭刁難張老師。

「我在公共圖書館借的。」周小明搶先反駁，為張老師解圍，也為村上春樹抱不平，「其實村上春樹眾多作品之中，被評為二級不雅的，只有《刺殺騎士團長》，其餘的，例如《聽風的歌》、《挪威的森林》、《尋羊的冒險》、《1Q84》等，讀者不分年紀可以自由借閱。」

「那些書沒不雅的成份？」

「村上春樹的寫作風格就是如此，小說裏的情色內容總有其寓意，是否不雅，就見仁見智了。」

「錯過了《刺殺騎士團長》，你一定很失望。」

「作為村上春樹的書迷，當然失望，不過，我自有辦法借來看。」

「沒人會把書借給你，你還有好幾年才滿十八歲，慢慢等吧。」朱太太露出令人反感的鄙視眼神。

「我一定想到辦法。」周小明不服氣。

「我不信，不如這樣吧，周小明，我跟你打賭……」

「小明，不准放肆。」張老師暗叫危險，冒險阻止。

「唧唧唧，張老師，妳真不懂禮貌，我與周小明對話，與妳何干？」

「打賭甚麼？」周小明仍不知凶險。

「三天之內，你若在公共圖書館借到《刺殺騎士團長》，我應你的要求，為你做一件事。」朱太太眼看奸計即將得逞，禁不住心花怒放，「相反，你若辦不到，你要為我做一件事。」

「好，一言為定。」周小明一拍心口，魯莽答允。

「好呀，夠爽快，有膽識。張老師做證，我們誰都不准反悔。」

「小明！」張老師給氣得幾乎兩眼反白。

* * *

「媽呀！媽，妳在哪裏？」朱婉儀回到家裏，還沒卸下書包，便放開喉嚨喊媽媽。

「婉儀，我在廚房裏，妳搞甚麼？一入門口便大叫大嚷。」

「我要問妳搞甚麼呢！」朱婉儀氣沖沖的跑進廚房，漲紅着臉。

「我在預備晚飯囉。」

「我不是問現在，我說今天妳在學校圖書館，幹甚麼跟周小明打賭？」

「那個笨小子，哈哈，我略施小計，他便一頭栽進我的陷阱裏。」朱太太剛洗淨紅蘿蔔，打算切絲，「婉儀，妳放心吧，媽會好好整治他，替妳出氣。」

「我沒叫妳替我出氣，也不打算整治周小明，只怪妳好事多為，現在全校上下都批評妳以大欺小，人人替周小明不值，還遷怒於我，以為妳坑周小明是我出的主意。」

「旁人的閒言閒語，我們不必介懷，我們比他們高貴……」

「我不能不介懷呀！我還要上學。」朱婉儀含着兩泡眼淚，懷着一肚子委屈，「我在校園裏，同學視我為異類，都在背後取笑我。」

「誰敢取笑妳，給我名字，我找校長投訴，記他們缺點，記他們小過。」

「投訴不是尚方寶劍，並非每件事都可靠投訴解決，至少妳不能令人心服口服……」

「婉儀，妳越來越大膽，竟然批評媽媽，頂撞媽媽，誰教妳的？」

「沒人教我。人在做，天在看。」

「妳……放肆！」

「我回來了。咦？妳們吵甚麼？」朱子能剛回家，才關上大門，聽見女兒在廚房跟妻子鬧意見，便跑進去看個究竟。

「你問媽啦！」朱婉儀賭氣跑回睡房，「嘭」的關上房門。

「婉儀？」朱子能喚女兒不應，回頭欲向妻子查問，朱太太卻不理睬丈夫，轉身抓起菜刀，大力砍劈，拿砧板和紅蘿蔔出氣。

朱子能嘆了口氣，拉開雪櫃，取了罐裝啤酒，走回客廳，今晚的狀況，他可以預計，母女交惡，夫妻冷戰，毫無家庭溫暖。他坐下，扯開罐上拉環，仰臉吞一大口冰凍的啤酒，低頭打量自己的手掌、手背、手指，記掛 Mary。上星期，他與 Mary 從廣州回來，她在車上甩開他的手，獨自跑開，在車廂別的位置找到空座位，全程坐在那兒，好像抽泣，好像談電話，總之沒再理睬他。回到公司，她馬上向老闆辭職，即時生效，不辭而別，沒人知曉所為何事，老闆亦三緘其口。

他打電話給她，不接；傳短訊給她，不覆。

兩人完全斷絕來往。

這叫分手嗎？然而他的婚外情似乎還沒開始。

想起，就覺可惜。

「開飯啦！老爺、小姐，你們到底吃不吃？」朱太太在背後冷言冷語，「不吃，我就拿到街上分給流浪漢。」

「吃——」朱子能再嘆口氣，無可奈何地從沙發爬起身。

「你呀，應多抽時間留在家裏教導女兒，整天在外面胡混。」朱太太開始發炮，「都是你的錯，不為女兒報讀傳統名校，偏要把她送入那屋邨中學，與不三不四的學生為伍，越學越壞。」

「那是我的母校，校風純樸。婉儀也很乖……」

「乖？她剛才頂撞我，你沒聽見嗎？你這個沒良心……」當朱太太開足火力，就是天塌下來，也難令她停口。

朱子能拿起碗筷，苦着臉，這口飯，實在難以下嚥。

＊　＊　＊

翌日，周小明如常上學，踏進校園不久，即察覺老師和同學對他的態度趨向兩極，有些人投以支持和欣賞的目光，有些人彷彿把「幸災樂禍」寫在臉上，總之，他與朱太太打賭的消息，在學校流傳得沸沸揚揚，舉凡轉堂、小息、午飯時候，在校園各個角落，都成為師生談論的話題，甚至有高年級學生暗地裏當上莊家，接受下注，周小明勝出是一賠三十的大冷門，訓導主任收到風聲，馬上徹查，午飯後揪出那「莊家」，把他帶到教員室痛斥一番，「非法賭盤」才得以鎮壓下去，不過，個別同學間的互相打賭、忖測、口水戰等，就禁無可禁了。

周小明彷彿置身風眼之中，得到表面的平靜。由於周小明的對頭是家教會主席，身份特殊，大家都不便公開表態支持他，尤其老師，心裏雖然渴望周小明獲勝，但人言可畏，萬一傳進朱太太耳中，說不定成為她的下一個「眼中釘」，日後或遭秋後算帳，加上周小明毫無勝算可言，所以大家反而跟周小明保持一段距離。

周小明也樂得耳根清靜，昨晚左思右想，始終一籌莫展，想不出辦法，心情本已極其低落，今天若大家纏着他問這問那，他肯定大發脾氣。

課堂平靜度過，周小明的心緒卻是不寧，如何借得《刺殺騎士團長》，仍然苦惱，昨天一時意氣用事，着了朱太太的道兒，後悔現已太遲了。放學後，在學校圖書館當值完畢，他揹起書包，打算去公共圖書館跑一趟，親自懇求館長行使酌情，讓他借取《刺殺騎士團長》，為免館長難做，他願意發毒誓、簽文件，保證不翻閱任何一頁內文。

走了五個街口，圖書館就在對街，小明等候行人過路燈轉成綠色。同班同學趙莉和唸中一的妹妹周小麗從後趕上來，分別站在他的左右兩側。

「哥哥，你去圖書館嗎？我與趙莉陪伴你、支持你。」

「看，你倆個跑得滿頭大汗。我不會減慢步速遷就妳們，妳們跟不上就別跟着來。」

「好大口氣呀，小明，你大概忘記我是競步運動員，我的步速一向不慢。」

「好呀，待會一轉綠燈，我們就比試腳力，最先抵達圖書館的為勝。」

「好哇。」

「哥哥，等一等，你有甚麼計劃？快告訴我們。」

「我打算懇求圖書館長行使酌情，把書借給我。」

「沒用的，小明，你不知道嗎？根據香港法例，散佈二級不雅物品給十八歲以下人士，一經定罪，最高罰款港幣四十萬元及監禁十二個月。圖書館長怎會為了你一個中三學生的無聊打賭而以身試法？」

「或者有例外吧，轉燈了，開始——」

「喂！喂！哥哥、趙莉，你們走慢一點，等我一下……」

周小明和趙莉急步衝過斑馬線，撇下周小麗在後面。

一路走上石級，走上平台，走進行人長廊，來到圖書館正門外面，趙莉拉停周小明，道：「小明，稍等一會，小麗還在後面。」

「她真麻煩，硬要跟着來，人矮腿短就要加密腳步，慢吞吞的，真討厭……」

「同學們，進入圖書館要保持安靜。」在正門當值的保安員阿姨把食指放在嘴唇前，示意安靜。

周小麗趕到，上氣不接下氣的。

「保持安靜。」保安員阿姨不厭其煩地再次提醒。

三人吐一下舌，縮縮肩膀，向保安員阿姨致歉，不僅閉上嘴巴，更放慢腳步。當他們經過玻璃門時，看見門前的保安員大叔，登時一愕，露出驚訝的表情。周小麗還不自覺地向保安員大叔鞠躬。那保安員大叔板起臉孔，有意無意的用拇指和食指抹一下唇上的八字鬍。

周小明和趙莉隨即會意。周小明連忙按住妹妹的嘴巴，以防她高聲喊「陳主任，午安」。趙莉在她耳畔低聲提醒：「陳主任沒鬍鬚的。」

「樣子一模一樣的……」周小麗滿肚疑問，進入圖書館大堂後，仍不住回頭張望，她沒想到陳主任有個孖生兄弟，只不解陳主任為何貼上假鬍鬚跑到圖書館當保安員。

「我們先查電腦目錄，看看書在哪個位置。」周小明來到電腦目錄機前面，在書名欄內輸入「刺殺騎士團長」，按鍵搜尋。

「有了。」趙莉指着屏幕。

周小明拿起紙筆，待要抄寫索書號，但——

「全都借光！」

電腦目錄顯示一個震撼的畫面，《刺殺騎士團長》的複本統統外借，沒一本留在館內，即使圖書館長願意酌情，也沒書可借給周小明。

周小明沮喪極了，垂頭道：「這回輸定了，但願那婆娘網開一面，不要我做那些作奸犯科、有違良心的事。」

「別灰心，還有時間，我們回學校找張老師商量，或許她另有主意。」趙莉拍拍周小明的肩頭，以示鼓勵。

「走吧。」周小明已沒主意。

三人於是走出圖書館。

「咦？陳主任不見了。」

「傻丫頭，那不是陳主任，妳偏不相信，那保安員大叔可能往其他崗位巡邏……」

趙莉掃視小花園平台，驀地面色驟變。

「甚麼事？妳不舒服嗎？」周小明察覺她不妥。

「你們只管聽我說，不要亂動亂望。」趙莉神色凝重，「就在小明背後，圖書館門外的長椅上，那個禿頭男人，大有可疑。」

周小明慢慢轉身，假裝不經意地瞧瞧長椅，果然坐着一個身穿淺棕色西裝的禿頭漢，那人他從沒見過，不知是甚麼來路，更不知趙莉驚恐甚麼？

「我認得他了。」周小麗扯哥哥的衣袖，「剛才我和趙莉一路追趕你，看見他跟在你身後呢！」

「對，湊巧走同一條路，本來不足為奇，但他現在也來到圖書館，卻不進去，分明是跟蹤你。」

「跟蹤我？」

「哥哥，你有沒有開罪人？跟惡人結怨？那禿頭漢會不會是職業殺手？」

「笑話，我初中學生一個，就算開罪人，對方也犯不着花錢聘請職業殺手來對付我。」

「那人賊眉賊眼，不是善男信女，我們走平台的另一邊，避開他。」趙莉拖着周小麗，低頭走出大門，往左拐。

那禿頭漢看見他們，隨即站起身，一逕朝他們走過去，邊走邊探手進公事包裏。

「他過來了，還取東西……」周小麗慌張起來，「難道他要拿武器？」

周小明定睛瞧着那禿頭漢，一顆心卜卜亂跳。

「嗨，你是周小明吧？」那禿頭漢果然衝着他而來，而且來得好快。

「我是。」周小明避無可避，惟有正面拒敵。

「喂，光天白日，大庭廣眾，你不能作違法勾當。」趙莉警告禿頭漢。

「小妹妹，妳明知我要作違法勾當，還這麼大聲，真是！」

「他真的要殺你，哥哥，你快逃，我和趙莉攔住他。」

「傻妹，現在還逃得脱嗎？」周小明擋在趙莉和小麗前面，喝問：「你是甚麼人？」

「我叫尤金來，是尤金鳳的胞兄。」秃頭漢已從公事包取出物件。

「尤金鳳即是朱太太……」周小明心頭一凜，想不到朱太太如此心急，三天也不能等，急不及待的派胞兄來對付他。

「給你。」尤金來從公事包裏取出的竟是兩冊書，都用透明膠袋包裹，膠袋外面貼着警告字句。

「你説的違法勾當，就是給我這兩冊書？」周小明登時糊塗了，與趙莉面面相覷。

「《刺殺騎士團長》是二級不雅物品，我給你當然違法。」尤金來左右張望。

「你為甚麼要幫我？」周小明不敢相信，朱太太的兄長竟然出手相助。

「婉儀昨晚給我電話，告知我打賭的事，請我暗中助你。」

「朱婉儀竟然串通舅父背叛媽媽。」趙莉大為驚訝。

周小麗張大嘴巴。

周小明遲疑。

「金鳳自幼驕生慣養，待人處事向來橫蠻、跋扈，是時候給她一點教訓。我們幫理不幫親。」

「會不會又是個陷阱？」

經趙莉一問，周小明把手縮回，不敢接尤金來的書。

「小朋友，不要多疑多慮，現在我冒違法之險，給你二級不雅物品，倘若告上法庭，被罰的是我，你們丁點後果也沒有。」尤金來把書塞給周小明，「拿穩呀！」

周小明一想不錯，連忙張開雙手捧着尤金來的書。這兩天的苦惱一掃而空，咧嘴笑道：「尤先生，感謝你拔刀相助！」

「這兩冊書從何而來的？」趙莉指着膠袋外面的價錢標貼。

「在書店買的，不是偷來的賊贓，放心。」尤金來哈哈大笑。

「那，得物無所用了。」周小明的心情再次跌落谷底，納悶地把書還給尤金來。

「我沒買錯書呀！你們明明打賭《刺殺騎士團長》上下冊，不是嗎？」尤金來不解。

「朱太太開的條件是書在公共圖書館借的，不是從書店買的。」

「唏，那容易不過啦，我這就進去替你借書。」尤金來從口袋裏摸出借書證，卻被周小麗扯着衣角。

「小妹妹，你又幹甚麼？」

「那書全被借走了。」

「哈！這麼受歡迎？我懷疑那淫審處替村上春樹作曲線宣傳，二級不雅變相速銷。其實，他們真的不該評審文學作品，試想，若把那把尺用來量度《金瓶梅》、《水滸傳》、《查泰萊夫人的情人》，這些經典名著也難逃包膠下架。」尤金來摸一下禿頭，「既然買的不成，借的又沒有，我沒辦法了。已經盡力，幫不上忙，我回深圳了。再見。」

「尤先生是深圳人？」

「不，我是香港人，公司在深圳。」尤金來轉身離去。

「且住。」周小明突然跳到尤金來面前，「請把書給我，我另有辦法。」

「本來就是給你的，儘管拿去。」

「謝謝！」周小明取過《刺殺騎士團長》，繞過尤金來與趙莉，快步追趕一名剛從圖書館出來的青年，「請等一等，先生，等一等。」

那青年手裏拿着公文袋，袋上也貼着警告字句。

「你叫我麼？有甚麼事？」他在平台盡頭的宮粉羊蹄甲樹蔭下站定。

「對不起，打擾你，請問你的公文袋裏的是《刺殺騎士團長》嗎？」

「對呀。」青年瞧瞧公文袋外面的警告字句。

「我想跟你交換。」周小明遞上兩冊封在透明膠袋裏的《刺殺騎士團長》，「你可擁有這兩冊書。我使用完你那兩冊後，必定如期交還圖書館。」

「為甚麼？」

「是這樣的，我跟人打賭，要借取圖書館的《刺殺騎士團長》。我不足十八歲，借不到書，所以請你幫忙。」

「原來是這樣……」青年慎重考慮。

「請你幫個忙。」周小明立正鞠躬。

「小朋友，你會不會是放蛇？」

「放蛇？我不懂你的意思？」

「我把這兩冊二級不雅物品交給你，是違法的。你如果串通執法人員，他們又躲在附近，又或者是傳媒偷拍，你身上藏有隱蔽式攝錄器材，我豈不是惹禍上身。」青年神經質地左右確認有沒有可疑人物，「免了，反正我有書可看，我根本不認識你，沒必要為你冒險……」

「先生，你別走，我沒跟人串通，你別走……」

把幻想當作事實，青年生怕變成偷拍目標，舉起公文袋遮擋頭臉，飛也似地奔下石級。周小明在後面叫得越大聲，他逃得越快，好像周小明突然變成一頭喪屍追着他噬咬。

「可惡！」周小明無從解釋，總不能把他強行留下，轉眼間，他逃得無影無蹤。眼巴巴給圖書館的《刺殺騎士團長》溜掉，周小明心有不甘，使勁腳踢丟落地上深褐色的宮粉羊蹄甲果實，當作發洩。

＊　＊　＊

三日之期已屆。

最後一節的下課鐘聲響過，朱太太準時來到陽光中學，逕自走進圖書館，等候周小明應約前來交代。

張老師恍如熱鍋上的螞蟻，急得團團轉，一方面使人去找周小明，卻又不希望找着，另一方面，不斷委婉地向朱太太游說，希望她別跟小孩子計較。不過，朱太太勝券在握，有備而來，早就想好如何懲治周小明，單憑張老師幾句好話，不能令她回心轉意。

今天到圖書館的學生特別多，大家不約而同的齊集圖書館「看書」，他們寧願缺席其他課外活動，都不錯過周小明與朱太太的「對決」。於是，不僅圖書館的座位爆滿，就連借書櫃檯附近的書架通道「企位」也給擠得水洩不通。

圖書館難得客滿，張老師卻啼笑皆非。

沒多久，周小明兩手空空的走進來。

「周小明，書呢？借到沒有？」朱太太保持笑裏藏刀。

大家都放低書本。

「沒有，暫時沒有，應該有的，稍後便有。」周小明閒適地靠着借書櫃檯。

「小孩子不要學習語言偽術，有就是有，沒有就是沒有，文過飾非，拖延時間。」

「我說老實話，妳又不理解，這是不是叫代溝？」

旁邊，有人忍不住噗哧偷笑。

「張老師，妳怎樣教學生的？」朱太太伸直手指，怡然自得地欣賞今早新塗的紅指甲，「說話太沒禮貌。」

「小孩子，不懂事，對不起……」

「鈴……」櫃檯後面的電話響起。

張老師趁機接聽，擺脫朱太太的刁難。

「喂……福伯，甚麼事？哦……知道了，請你代為簽收……你不用送上來，我叫趙莉到校務處找你，你交給趙莉吧……謝謝……」

「我馬上去。」趙莉好像知曉來龍去脈，張老師還沒放下電話，她已從人隙之間鑽出圖書館。

「不要浪費時間，周小明認輸吧。」朱太太像戰勝國的最高統帥，準備魚肉戰敗國代表。

「我沒輸，妳教我怎認？再者，我亦不想耽誤時間，但速遞的車程非我所能控制。」

「甚麼速遞？」朱太太錯愕。

「小明，不要故弄玄虛，快説。」有人問。

「待趙莉把速遞拿上來，謎底便揭開。」

不僅朱太太，其他同學都大感奇怪。按常理，周小明不可能從公共圖書館借出《刺殺騎士團長》，這次打賭，他必輸無異，可是，看他的樣子，胸有成竹似的，到底葫蘆裏賣甚麼藥？

「大家退後，讓出一條通道給趙莉。」有人提議。

一呼百應，退呀退，擠呀擠，不消兩分鐘，圖書館入口至櫃檯之間，現出一段「緊急通道」，趙莉湊巧拎着一個郵包跑進來。

大家都急於看看趙莉手裏的郵包是甚麼東西。

「來啦，速遞送到。」趙莉把郵包交給周小明。

「快拆開它。」有人喊。

「誰有剪刀？借給小明。」另有人喊。

朱太太開始感到呼吸困難，停止所有舉措，與圖書館裏所有人，一同盯着周小明拿剪刀割開郵包，屏息以待。

眾人的心跳加速。

但見周小明從郵包裏從容抽出兩冊書。

「這是《刺殺騎士團長》嗎？」有人問。

「沒膠袋封存，或許不是。」有人答。

「這是村上春樹的《刺殺騎士團長》上下冊。朱太太，請過目。」周小明把書放在櫃檯，「張老師，請妳做證。」

「啊——」朱太太、張老師與在場學生發出不同程度的驚呼與歡呼。

「我不信！」朱太太拾起書本，翻閱檢查，登時臉色刷白，的確是《刺殺騎士團長》，「咦？簡體字版。你從哪裏借來的？」

「深圳圖書館。」

昨天。

圖書館門外。

「尤先生！請留步！」趙莉向着小花園平台盡頭的向下石級大叫。

趙莉身旁的周小明、小麗兄妹均感奇怪，尤金來已經走下石級，連影兒也沒有，趙莉突然喚他幹甚麼？他聽不聽見又是另一個疑問。

未幾，尤金來緩緩走回平台，朗聲問：「又有甚麼問題？」

「深圳有圖書館嗎？」

尤金來初時一怔，隨即會意，舉起拇指，喊道：「周小明，你的小女友真聰明！」

＊　＊　＊

「不成！周小明，你取巧，你違規，書在深圳借的，不成！」朱太太不顧儀態地咆哮。

「為甚麼不成?你們打賭當日,我也在場,清楚聽見妳開的條件,是公共圖書館,但沒指明甚麼地方的公共圖書館。」有人仗義執言。

「深圳圖書館也是公共圖書館,小明沒錯。妳不能輸打贏要。」

「妳自己沒說清楚,就不要抵賴。」

「全世界只有香港把《刺殺騎士團長》列作不雅讀物,小明在香港以外借書,合情合理。妳強人所難,不合理的是妳。」

眾人你一言我一語的,人多勢眾,句句有理,教朱太太無從反駁。朱太太環視一周,只覺形勢孤立,於是老羞成怒的取過郵包封袋,查看寄件人姓名,罵道:「好!且讓我看看哪個渾蛋在背後幫助你?」

翻開一看,「尤金來」三字遽然入目,不禁呆了半晌,喃喃道:「他如何得知?」抬頭,再看眾人,終於在其中一排書架側面,赫然發現朱婉儀。

朱婉儀不敢與媽媽的目光相接,匆匆低頭,閃到書架背面。

「罷罷罷——」朱太太深深感受到眾叛親離、大勢已去的挫敗,「周小明,你贏了，你要我做甚麼？說吧！」

因為沒人想到周小明得勝，大家均感意外，都在竊竊私語，互相忖度周小明要求甚麼。

「小明，不准過份。」張老師明白「有風不能駛盡悝」。

「朱太太，我的要求是，請妳……」周小明瞧一眼張老師，吸一口氣，直率地說下去：「辭去家長教師會所有職務。」

「Yes！」

周小明沒聽張老師說，他的要求實在太過份，嚇得全場鴉雀無聲，除了那聲不算大聲的 Yes，在最後排的書架背面傳出，由於全場肅靜，那聲 Yes 顯得特別清亮。聽起來，似乎發自一個中年男人。

哪人是誰？

大家都好奇。

幾個好奇又膽大的學生走向最後排的書架察看——

「校長？」

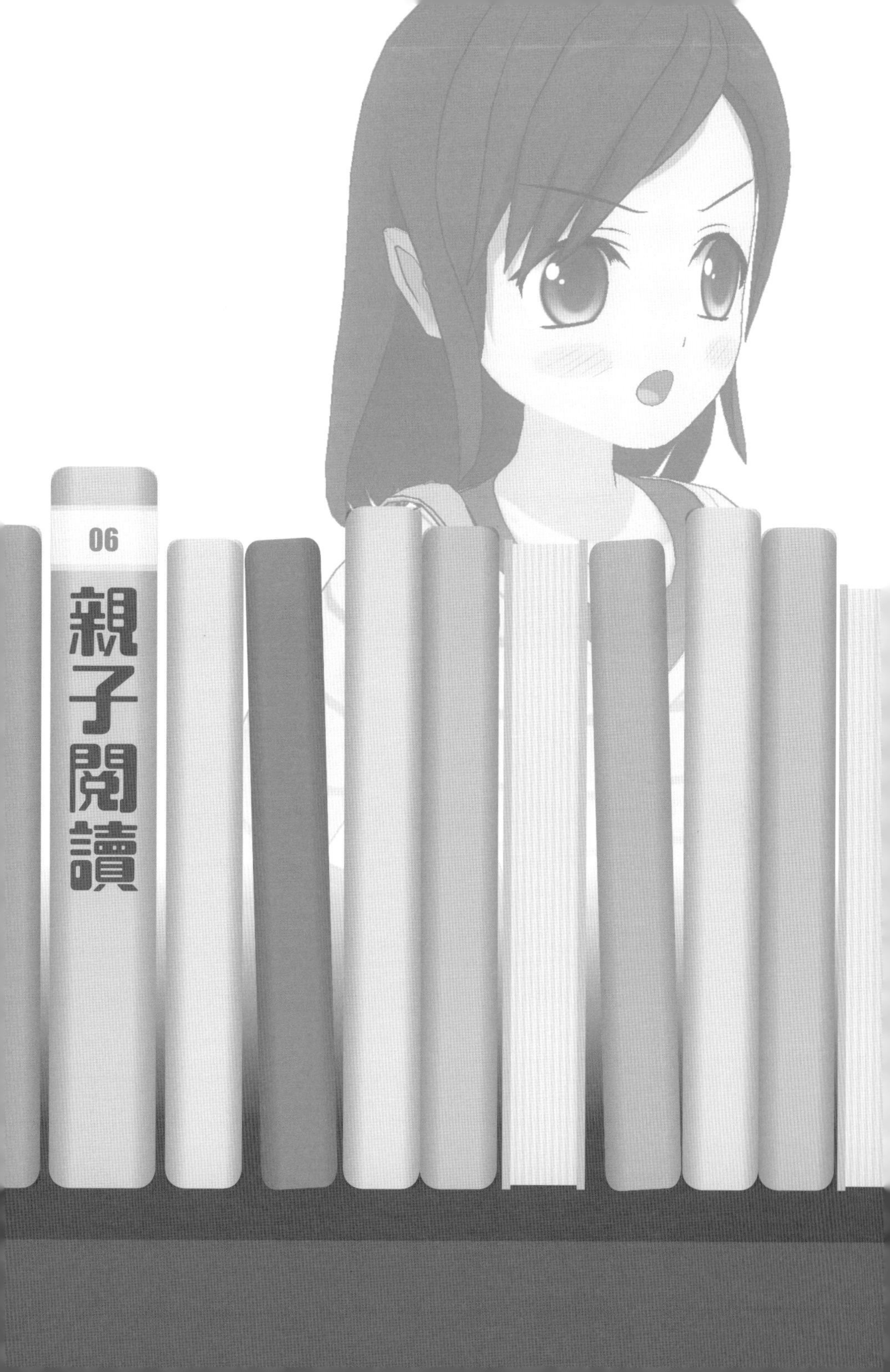
06
親子閱讀

看見聰媽執拾碗碟，詠欣趕緊放下《西廂記》，跑到飯桌前幫忙。

「哎喲，遠來是客，妳是客人，怎能勞煩妳呀！快坐下，繼續看書。」聰媽連忙勸止。

「我白吃白喝，過意不去，伯母妳請坐，今晚妳為我們下廚，挺辛苦了，碗碟就讓我清洗吧。」詠欣把碟子疊在一起。

「我當了二十幾年家庭主婦，廚房工夫，駕輕就熟，不辛苦。」聰媽在詠欣手上取過碟子，「妳們這一代年輕人少進廚房，做不慣的。」

「慣，怎不慣？我在家裏時常幫媽媽做家務。」詠欣把碟子取回來。

「妳們別再搶碟子囉。其中一個不小心，就落地開花。」阿聰看着手上的《三國演義》，一本正經地提議，「一人洗一半，或者一個洗，另一個抹乾。」

「你，正一大食懶。」詠欣向他裝個鬼臉。

「這孩子，真失禮，幸虧客人是詠欣，才沒見笑。」聰媽搖搖頭，露出慈母的笑容，「換上別人，一定責怪我沒家教。」

「分工合作，效率最高。寒舍狹窄，廚房存着空間限制，第三個人擠進去，妨礙工作，反而拖低效率。」阿聰舉起書本，擋住頭臉，不看兩人。

兩人也不管他。

「詠欣，妳戴上膠手套吧。左邊的櫃子裏有一對新的。」

「不用啦，伯母，我不是十指不沾陽春水的千金小姐。」

「那繫上圍裙，別弄污衣服。」

「是。」

兩人邊說邊把碗碟搬進廚房，放進洗滌鋅盆裏。

「阿聰，枱面的菜汁還沒抹淨，你別把東西放上去。」聰媽在廚房裏回頭喊道。

「哦。」

「我洗妳抹吧。」詠欣繫上圍裙，搶佔工作較吃重的崗位。

「阿聰最懶做家務，莫說煮飯洗碗，就連簡單的抹枱執拾也不願做。」聰媽以欣賞的目光，看着詠欣嫻熟地逐一把碗碟拿到水龍頭下沖洗、加洗潔精、擦抹、再沖洗。

「男孩子都是笨手笨腳的傢伙，好像我的弟弟，清洗杯子也變成砸爛杯子，我寧願他們不做，少添麻煩，何況阿聰的強項並不在於做家務。」詠欣想起阿聰專心編寫軟件程式的樣子。

「妳真乖。」聰媽接過乾淨的碟子，拿抹布拭抹，「家裏還有甚麼人？」

「爸媽和一個唸中四的弟弟。」詠欣聽得出聰媽開始查問家宅。

「聽阿聰説，妳跟他唸同一間中學，既然認識這麼久，他早該帶妳回來吃飯，不過，這孩子一向朋友不多，從沒帶過朋友回家。」

「我唸中六時跟他同級不同班，那時不太熟落。」詠欣盡量小心措詞，「升上大學後，湊巧有些科目一起選修，又湊巧被老師編入同一組，一起做 project，才經常碰面。」

她弄不清阿聰請她回家的用意，做 project 其實不必在家，到大學圖書館、電腦室、咖啡店都可以，如今在他家裏做 project，演變成吃晚飯，甚至乎「見家長」，可是她的身份是甚麼？同學固然是，女朋友嗎？兩人的關係又未達這階段。她喜歡他，他感覺不到嗎？平日在校園內，大班同學在場，當然不便表白，但當兩人獨處，他老是談功課，專心學業，從沒一句溫柔的話，笨驢一頭，毫無情趣，她實在不明白自己喜歡他甚麼，或者喜歡他專心工作的樣子吧，男生專心工作，特別吸引……

「特別甚麼……」

「嗄？」

「妳剛才好像說阿聰特別……」

「噢，我是說……你們特別……」詠欣把最後一隻飯碗洗淨，「我的意思是，你們剛才飯後的親子閱讀時間很特別，我聞所未聞、見所未見……」吃飯時不看手機、不看電視，她已極不習慣，飯後，主客同往客廳的書架選書閱讀，簡直匪夷所思，若是陌生人，她一定懷疑這雙母子是Alien。

結果，聰媽讀《城南舊事》，阿聰讀《三國演義》。

聰家的藏書又多又雜，面對架上眼花撩亂的書脊，詠欣看得傻了眼，除了課本，平日她極少看實體書，坐在聰媽旁邊，選書是一個難題，經典名著沉重、童話故事膚淺、外國小說崇洋、推理小說沒興趣猜謎、詩詞歌賦看不懂、武俠小說粗魯、現代愛情小說媚俗……

讀古典愛情小說，似乎能給聰媽一個斯文大方、有書卷氣息的錯覺。

她在書架上找到上中下三冊的《紅樓夢》、一冊《西廂記》，知道是名著，都沒讀過。《紅樓夢》厚，《西廂記》薄，當然捨厚取薄，拿了《西廂記》，坐下，一打開，心裏暗叫「中伏」，文謅謅的，沒一句看得懂，又不好意思把書放回原位，惟有硬着頭皮，裝模作樣地細讀，但見一段曲詞，一段文言文，恍兮惚兮，統統一知半解，全篇不知所云，又不住擔心聽媽突然「問書」，幸而，母子倆只是安靜地閱讀，沒打擾旁人，好不容易忍住呵欠，撐起眼皮，捱過半小時，一看見聽媽離座執拾碗碟，詠欣馬上逃出「西廂」，躲進廚房。

她寧願洗碗。

「親子閱讀嘛，哈，我們維持二十年。」聽媽把抹乾的碗碟逐一放回櫥櫃裏，「聽爸生前極力主張，他説閱讀習慣自幼培養，為了阿聰，我們堅持親子閱讀，回想起來，真不容易。」

「小孩子貪玩，不愛讀書，難以堅持。」

「妳誤會了，難以堅持的，倒是父母呢！」聽媽燒開水，準備泡茶。

「父母？」

「對呀。」聰媽拉開櫥櫃的抽屜，「妳喝甚麼？我有日本煎茶、Twinings Black Tea，還有鐵觀音。」

「煎茶。」

「阿聰喝 Black Tea。」聰媽取出茶包，「當初，我們以為親子閱讀就是家長跟孩子說故事。」

「不是嗎？」

「幼兒認識生字不多，說故事無疑是一種吸引他們看書的手段，但只是過渡，終極目標是他們自行閱讀文字，對文字產生興趣。當初我們不明白這道理，又不懂說故事，便跑到圖書館去上興趣班，學習說故事技巧，依樣畫葫蘆地回家跟阿聰說故事，漸漸發覺，故事說得動聽，多少總需一點天份，我自問沒此天份，聰爸也沒有，而且，他比我更沒耐性。」

「其實，小孩子都愛聽故事，即使不動聽、沒技巧，也吸引他們。」

「沒錯，阿聰很喜歡聽我們說故事，逐漸變成依賴我們說故事，不肯自己看書，妳知道嗎？天天跟孩子說故事，頂累的，最初是家庭樂，最終是噩夢，尤其他晚晚要聽同一個故事，聽完一次又一次，我慢慢失去耐性，覺得很無聊，日間上班，晚上返家，雜務纏身，想到自己還有幾本書沒時間看，就滿不是味兒。」

詠欣點頭，想起兒童節目《天線得得B》裏的卡通人物，每說一次 again，情節便重複一遍，弟弟小時候看得津津有味，她坐在旁邊，只覺無聊透頂。

「後來，有位作家朋友告訴我，孩子閱讀文字，有助啟發創意。他說，閱讀過程是一種再創作，作者創作是以文字表達意象，讀者透過閱讀文字，創作自己獨特的意象，那是一種創意訓練。」

「怪不得大家都稱讚阿聰有創意啦！我們一起討論 project 時，他的主意總是又多又新，文學修養更連中文系的同學也羨慕，原來歸功於從小閱讀。」

「若由家長說故事，我們或從成人的角度看內容情節，總希望孩子從中學到一些道理，不經意地加入引導，無形中框限孩子的想像空間，窒礙他們自由發揮創意。所以，我們硬起心腸，不再說故事，逼阿聰自己閱讀，最初他不肯，我們不遷就、不讓步，總之，一到親子閱讀時間，一人一本書，半小時內，不准離開，慢慢地，他發現文字的趣味，便喜歡閱讀，而我們也能善用時間，在百忙中，每天得到一點時間閱讀喜愛的書，各得其所。而且，父母以身作則，樹立榜樣，示範開卷有益，也是對阿聰最有效的身教。」

「唏，妳倆個躲在廚房裏説我的壞話？」

「你有很多壞事惡行給我們説麼？」詠欣啐他一口。對於她，他最大的惡行是不解溫柔，蠢笨如牛。

「我……作壞事……」阿聰搔搔後腦杓，「我上星期三放學時搭地鐵，太累，坐在優先座上打瞌睡，算不算作壞事？」

「哎呀！説不定已被人拍成短片，上載Youtube，大字標題，廢青霸佔優先座。」

「啊！這樣被人標籤，以後還有面目見人嗎？阿聰，你太大意了。」

「伯母，請別緊張，我説笑而已。倘若真的有短片上載，當晚已在網上見到。網上信息變換速度極快，一晚洗版，兩晚忘記，三晚重新做人，他在地鐵的睡姿一星期沒人上載，以後也不會有。伯母，大可放心。」

「妳呀，不要嚇我媽。」阿聰用指頭點一下詠欣的鼻尖，「飯吃完，碗洗完，笑説完，開工做 project。」

「不！你們已做了半天，不累嗎？剛吃完晚飯，要休息，不准再工作。這樣吧，茶也不要喝，你請詠欣到樓下吃甜品，之後送她回家。」聽媽三扒兩撥便把兩人推出廚房、送出大門，關門前，不忘叮囑：「阿聰，男孩子要有紳士風度，送女孩子回家，是一種禮貌，你不能失禮。詠欣，以後多來吃飯。」

詠欣口裏、心裏都感激不迭。

聽媽較阿聰更知情識趣，詠欣衷心盼望他今晚不要糟蹋聽媽為他造就的機會。

* * *

阿聰和詠欣來到樓下。

街角的糖水店座無虛席，還有不少客人站在門外輪候入座。

阿聰待要上前取票輪候，詠欣扯一下他的衣角，道：「剛才的晚飯太豐富，我吃得很飽，吃不下甜品，不如我們到那邊的海濱長廊走走，有助消化。」

「也好。」一如詠欣所料，阿聰沒別的意見。

那糖水店又擠又吵，坐不舒適，吃不自在，談不上心。

相反，走在充滿羅曼蒂克情調的海濱長廊上，月色玲瓏，路燈散發柔和的燈光，海風徐來，潮浪悠揚拍岸，對岸高樓林立，萬家燈火，晶瑩閃爍，倒影在輕波蕩漾的海面，宛如一片朦朧的星海，天上人間，疑幻似真，就連海風也似帶有醉味，附近的男女戀人，有影皆雙，卿卿我我，詠欣旁觀亦覺陶醉。

詠欣故意放緩腳步，靠近阿聰，讓他的左手毫無難度地牽住自己的右手，預計被他牽住初時，假意輕輕掙扎一下，便讓他一直牽下去。可是，走呀走，等呀等，阿聰的左手一直拉着背囊的肩帶。詠欣心裏暗罵，那臭背囊好好的掛在肩上，不會掉下來的，你不用全程拉着它吧？難道我的手不比你那臭背囊重要嗎？

「剛才妳拿《西廂記》看，想不到妳如此文藝……」

「我看不懂的。」詠欣搶白一句，語氣冷硬。她一肚子氣，手不牽我的，一開口竟是談讀書，花前月下，大煞風景。

阿聰當然感到詠欣不高興，但想不到原因，他知道女孩子每月總鬧幾天情緒，便不再開口，以免多說多錯。

一個蹓狗的女孩迎面而來。狗在前面跑，人在後面追。女孩抓緊狗繩被前面的狗拖着跑，氣呼呼、臉紅紅、大汗淋漓。愛狗之人視之為生活情趣，不愛狗的詠欣竊笑辛苦自招。觀點與角度的差異。詠欣再瞥一眼阿聰，自嘲地撫心自問：「我也是辛苦自招嗎？」

輕嘆一聲，多走一會，阿聰默默相伴，詠欣的心情平復下來，自覺不該亂發脾氣，便回復一貫的客套，再打開話匣子：「伯母對閱讀很有見地，你真幸福，自幼得到栽培。」

「她在陽光中學當教師，負責管理學校圖書館。大家都喚她作張老師。」

「原來是老師，怪不得。咦？怪了，我的表哥是陽光中學的畢業生，卻一直沒聽他提及伯母。」

「我十歲那年，爸爸死於交通意外，媽媽很傷心，不能集中精神工作，也為了照顧我，乾脆辭去教職。那時候，爸爸的保險賠償，加上積蓄，足夠我們生活。後來我升讀高中，每日忙於上學和補課，早出晚歸，在家的時間不多，為怕媽媽獨自在家裏寂寞，我便勸她恢復工作，一來打發時間，二來不與社會脫節，她亦同意，從兼職、代課開始，慢慢轉為全職。她到陽光中學任教時，妳的表哥多半已畢業。」

「母子相依為命，很感人噢。」

「媽媽為我犧牲很大，她的工作也辛苦，學生越來越頑皮、家長越來越怪獸，陽光中學有個家教會主席朱太太經常投訴，不斷找媽媽麻煩，討厭之極。所以，我要好好報答媽媽，她叫我作甚麼，不管多困難，我都聽從。」

「例如，親子閱讀。」詠欣多發現阿聰另一優點——孝順。對他，芳心早已默許，這刻更加堅定，但願下場不是神女有心，襄王無夢。

「對，很老套。」阿聰尷尬地笑了。

「雖然老套，但很值得。我們這一代，成長在手機潮流文化底下，愛看圖像多於文字，寧讀短訊不讀長文，而你自幼閱讀實體書，接受不一樣的創意訓練。」詠欣回想聽媽的話，「對啦，你怎樣愛上文字的？或者，從哪一本書開始愛上文字？」

「怎樣說呢？該是降龍十八掌吧。」

「你指的是小說《射鵰英雄傳》？」

「正是。當讀到洪七公教郭靖練降龍十八掌的第一式亢龍有悔，招式是左腿微屈，右臂內彎，右掌劃了個圓圈，呼的一聲，向外推出。那時候，我不管讀書、吃飯、坐車、走路、上廁所，都不斷反覆琢磨，想像那一掌該如何打？」

「傻瓜。」

「後來，我上網參考所有電影和電視的版本，找到曹達華、傅聲、白彪、黃日華、黃文豪、張智霖、李亞鵬、胡歌、梁家仁等的片段，他們打的亢龍有悔，招式設計全都不一樣，全都不及我的精彩。」

「吹牛！有多精彩呀？打給我瞧瞧。」

「妳站穩，不要眨眼。」

「來吧。」詠欣雙手叉腰，興致勃勃，驚訝阿聰向來斯斯文文，今晚動手打功夫，一定很有趣，詎料——

「看招。」阿聰後躍半步，左腿微屈，右臂內彎，右掌劃圓，左掌橫劈——

「啪——」

詠欣只覺左臉一痛，登時愕住了，她的左耳「嗡嗡」作響，感到半張左臉火燙一片，頭有點暈，眼有點花，步履虛浮。

阿聰慌張地牽住她的手、扶住她的腰。

詠欣勉強站穩，定一定神，才想起，兩秒鐘前，阿聰那半招「亢龍有悔」——畫蛇添足的左掌橫劈——狠狠地摑她一記耳光。

「對……不起……」阿聰後悔已晚。

周圍，手機的白光閃動。

「吵嘴打架耶。」

「女的被男的摑了一巴掌。」

「出手很重噢。」

「不懂憐香惜玉。」

「打女人，正賤男。」

「一個願打，一個願捱，都是犯賤。」

竊竊私語，評頭品足，此起彼落。

「汪汪……」

那狗也停下來亂吠，似要加點意見。

人人舉起手機，現場拍攝海濱長廊上小情侶打架，有圖有真相，有片更傳神。隨後一小時內，想必網絡上載、轉載不斷，詠欣隨時變成「網紅」。

詠欣噙着兩泡眼淚，強忍不掉下一滴淚水，縱然滿腔冤屈，臉頰疼痛，她咬着牙關，不丟人現眼。已經放下身段，收起矜持，主動親近阿聰，原來是一廂情願的犯賤，他不僅不懂珍惜，還當眾摑她一巴掌，雖是無心之失，但絕不可以原諒。她的勇氣不知從何而來，鎮定地甩開他的手，垂下頭，任由長髮遮臉，不看旁人一眼，不揉不碰左臉，邁開腳步，轉身慢慢走向地鐵站，懶理旁人落井下石的拿手機拍攝，不管阿聰跟在後面抑或呆站原地，一切都不管，也不由她管，總之她一步一步的向前走，遠離海濱長廊，遠離阿聰。

要罵，她沒氣力。

要哭，回到家裏關上房門躲在被窩裏攬着枕頭痛哭一場。

* * *

女人要決絕，可以很決絕。

當晚，詠欣在 WhatsApp、Facebook、Gmail、Messenger、WeChat 把阿聰的名字從通訊錄中刪除，劃清楚河漢界，跟他斷絕一切聯絡。翌日，回到大學，找着許教授懇求轉組，上課時從慣常的後排右側座位遷到前排左側，跟阿聰相隔天南地北，又故意不回頭瞧他一眼，假裝專心聽課，其實心神恍惚，昨晚的一掌之辱，依然陰魄不散。下課時，美兒靠過去，悄悄問：「妳跟阿聰發生甚麼事？天各一方的，一個鬱鬱寡歡，一個沒精打采。」

「沒事。」詠欣這才回望阿聰一眼，但見他一臉憔悴、雙目無神。

湊巧他正看着她，她立即別過臉，不與他有任何目光接觸。

「阿聰開始走過來，十居其九找妳。」美兒用手肘碰一下詠欣。

「我家裏有事，趕着回去，不說了。」詠欣匆匆跑出課室，剛才看見阿聰那副落寞可憐相，她的心腸再也硬不起來，萬一他低聲下氣向她道歉，她恐怕自己心軟原諒他，這就原諒他，未免太便宜他了，所以她的策略是不瞅、不睬、不聽、不談、不近、不讓，總之對他視而不見，拒絕溝通。

兩人這個「六不」狀態維持了整整兩天，阿聰日見沮喪，詠欣亦不見得稱心，奈何他不敢主動，她不肯讓步，僵持不下，兩敗俱傷。

第三天中午，詠欣仍匆匆離開課室，沿樓梯跑落地面，才跑出教學大樓，竟看見聽媽站在行人道對面的草坪向她微笑招手。

「伯母……妳來……找阿聰？」

「不，我專程來找妳。」聽媽從環保袋裏取出一本《天龍八部》，「我們一起閱讀。」

「對不起，我對武俠小說不感興趣，也沒時間讀。」

「只讀一頁。」聽媽掀開用貼紙標示的書頁，「我們在那邊的長椅上坐一會，兩、三分鐘便可讀完，不會耽擱妳太久。」

「那，好吧。」詠欣沒法推卻，「其實，我已知曉內容，從前把電視劇下載到手機觀看。」

「這就更好，上文下理一清二楚。」

詠欣坐下，把背包放在膝蓋上，攤開《天龍八部》，那是第二十三章，隨即憶起電視劇的片段，鍾漢良飾演的蕭峰披着長袍夜半來到青石橋頭，質問「殺父仇人」段正淳，段正淳直認不諱，還提出「一條命只換一掌」，着蕭峰為父報仇。詠欣讀下去：

「電光一閃，半空中又是轟隆隆一個霹靂打了下來，雷助掌勢，蕭峰這一掌擊出，真具天地風雷之威，砰的一聲，正擊在段正淳胸口。但見他立足不定，直摔了出去，折的一聲撞在青石橋欄杆上，軟軟的垂着，一動也不動了。」

武功高強的段正淳竟不堪一擊，蕭峰大感奇怪，上前瞧清楚，原來是阿朱假扮段正淳受他一掌。

蕭峰錯手打死愛人，登時傷心欲絕、失魂落魄。文字吸引，詠欣看得入神：

「蕭峰呆立橋上，傷心無比，悔恨無窮，提起手掌，砰的一聲，拍在石欄杆上，只擊得石屑紛飛。他拍了一掌，又拍一掌，忽喇喇一聲大響，一片石欄杆掉入了河裏，要想號哭，卻說甚麼也哭聲不出來。」

「儘管情況不一樣，阿聰這傻孩子目前的心情跟蕭峰差不多。」聰媽苦笑。

「伯母……」在詠欣腦海裏，蕭峰的影像不知不覺間變成鍾漢良與阿聰的混合體。

「阿聰升上大學後，經常提起妳、讚賞妳。他喜歡妳，但他的戀愛經驗如同白紙，不懂女孩子心事，終日舉棋不定、長吁短嘆。我便提議請妳回家吃飯，他最初不懂如何開口，最後想出做 project 這個爛藉口。」

青石橋頭彷彿演變為海濱長廊。

「我這個當母親的、當伯母的，已經說得太多了。」聽媽取回書，從長椅站起，「我趁着空堂，向校長請了兩個鐘頭事假，現要趕回去上課。再見。」

「再見，伯母。」

詠欣緩緩站起，向聽媽道別後，再坐回在長椅上發呆。

＊　＊　＊

大學圖書館門外的石級上，阿聰獨自坐着發呆，《三國演義》攤開放在膝蓋上，雙眼卻獃獃的瞧着平台走廊上人來人往。

「仍在看《三國》，不厭悶嗎？」

「啊！」阿聰認得詠欣的聲音，登時跳了起來，也不管《三國演義》丟下石級，

連忙轉身捉住詠欣的手臂，急道：「妳打我出氣吧，不論出手多重、打多少下，都可以。」

「我才不打痛自己的手。」

「我自摑耳光。」阿聰舉起手掌。

「傻的麼。」詠欣阻止。

「妳不生氣了，真好！」

「氣還沒全消，視乎你日後的表現。」

「一定表現良好。」阿聰牽住她的手，「妳不生氣，可告訴我原因嗎？」

「有位長輩讓我看了一頁書。」

「那人是誰？看甚麼書？」

「我偏不告訴你。」詠欣忸怩地扯開話題，「我們的 project 已停工三天，要趕快復工，追回進度。」

「對，到我家吧。走。」阿聰揹起背囊，拖着詠欣一同跑下石級。

「喂，你的《三國》……」

「噢。」阿聰聞言停步，打算轉身拾書，他沒意識到，自己犯上大部份揹背囊乘搭公共交通工具的男人同一毛病，忽略背囊的厚度，當他轉身時，背囊把詠欣逼向石級邊緣，彎腰拾書時，更把詠欣擠出石級。

詠欣失去平衡——

「不要擠——呀——」

07 借書處

男子慢慢恢復清醒，開始意識到自己側臥地上，後腦疼痛。他嘗試爬起身，先用右前臂抵住地板，右膝跪地，左手向上掃撥，摸到一個檯角，稍為用力向下扳，檯相當堅穩，於是左右借力，撐起身體，但當頭部擺動時，一陣彷彿永不休止的暈眩突然襲來，令他完全喪失平衡能力，腦袋順着由左至右的暈眩方向，往右一晃，身體軟弱無力的向右傾倒，重重的摔回地上，後腦又是一陣疼痛。

他痛得尖聲慘叫。

這聲慘叫縱然淒厲，卻像夜半投石進湖的咚聲，夜太深，湖太闊，石太小，聲音微不足道，沒人知曉。

他平躺在地，辛苦地喘氣，胸口上下起伏，冷汗在臉頰滲流。他不敢移動身體，尤其頭部，唯一可作的是躺着等待暈眩過去，等待頭痛減輕。

人在力不從心時，才明白自己原來是多麼的渺小虛弱。他就連睜眼的勇氣、張口呼救的氣力也沒有，只是躺着躺着。周遭很靜，自己的心跳、喘氣依稀是這地方僅有的聲源。

這裏是甚麼地方？

他沒記憶。

好一會，他意識到身體狀況稍微好轉，才敢張開眼睛，不再天旋地轉，周遭昏暗，他身處一個沒亮燈的房子裏。

他輕輕仰起頭頸，反手摸一下後腦，只覺觸手黏濡，還有一股血腥氣味，明白自己的後腦受傷不輕。暈眩、疼痛可能是受傷引致。至於如何受傷？也沒印象。

他嘗試再次爬起，先坐直身子，抬手抓握檯面，盡量放慢動作，頭仍痛，幸沒暈，勉力站起、站穩，眼睛亦漸漸適應昏暗，加上藉着從外面透進的燈光，他打量身處的地方——

一個寬闊的室內空間，陳設以書架為主，一組組高約兩米的木製書架，佔據一半以上的空間，每

格書架密密麻麻的放滿書本，其餘的傢具，主要是可供多人共用的長檯、沒靠手的四腳膠殼椅。

按陳設，這兒是一間圖書館，按規模，這並非一般的公共圖書館，而是學校圖書館。他所站的位置，是一張曲尺型的工作櫃檯，檯上安裝了電腦，連接電腦的條碼閱讀器，閱讀器旁放了日期印，另有座檯電話，各式文具整齊歸一的放置在塑膠盒之內。

這是圖書館的借書處櫃檯。

問題來了。

他為甚麼會在一間學校圖書館裏受傷昏倒？

茫無頭緒。

更糟糕的是，他想不起自己是誰？

*　*　*

他在借書處櫃檯底下找到半瓶礦泉水。

儘管後腦的傷口不再流血，為免弄痛或弄污傷口，他先忍着痛，倒礦泉水清洗傷口，然後脱掉恤衫，把它捲成軟墊，緊緊地纏裹後腦，最後把一雙衣袖在額前打個活結。

傷口暫時包紮妥當，他撩起白色棉質內衣的衣腳，抹擦臉上、手上的汗水血污，拍拍渾圓渾厚的肚腩，定一定神，喝掉剩餘的一口礦泉水，努力回想自己究竟是誰？

看來他的頭部受過撞擊，引致短暫失憶。

找遍前後褲袋，身上竟沒錢包、證件。不覺踢着腳邊的黑色真皮公事喼，喼旁還有一部手機，對了，手機若是他的，可翻查個人資料，還可打電話給朋友求援。他連忙拾起手機，屏幕給摔裂了，勉強仍看到殘缺不存的畫面，需要輸入密碼或指紋識別，密碼當然忘了，惟有依靠指紋，十根指頭，該用哪根？他遲疑片刻，還是按一般人的習慣，試用右手拇指，印下，果然成功解除屏幕鎖，至少可證明一點，這部手機是他的。

他瞇起眼睛，在屏幕的裂痕之間找到「設定」圖示，在「設定」頁裏，可以找到機主的姓名、電話、電郵等資料。豈料，當指頭點擊圖示，屏幕的破損隨即加劇，隱約聽見玻璃裂開的「咧咧」聲，接着屏幕變黑，手機完全失效。

他拍幾下機背。

手機非但沒恢復運作，他反而感到屏幕碎片從機身丟落地板。

「可惡！」他無奈放下手機，心有不甘，轉眼盯着腳邊的公事喼，手機是他的，公事喼也可能是他的，於是俯身把公事喼挽起，平放在借書處櫃檯上，剔開鎖扣，且看裏面有沒有證實自己身份的東西，如證件、錢包之類。

輕易把公事喼打開，一看，他猛吃一驚。

錢包倒沒有，錢卻有許多。公事喼裏全是大疊大疊的直版鈔票，更嚇人的是，還有兩枝黑星手槍，他登時慌了手腳，退後兩步，不敢再碰那公事喼和裏面的手槍、鈔票。

現在，他的處境相當吊詭。

一個頭部受傷、身份不明的胖子，在一間不知甚麼學校的圖書館裏受傷昏倒，身邊放着大量鈔票和兩枝手槍。

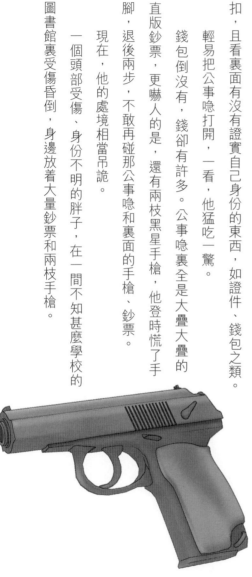

「我是誰？我幹過甚麼？」

他可以肯定自己不是圖書館職員，因為圖書館職員只會藏書，不會藏械。

他也可以肯定自己不是解款員，因為他沒穿解款員制服，而且解款員的配備是已登記的雷明登長槍，不是偷運入境的黑星手槍。

接下來的推斷，他不希望是事實，但不由他不這樣猜忖，他是賊匪，受傷前打劫銀行或勒索贖金，遇上追捕，負傷逃脫，偷進這間學校圖書館裏匿藏。

他越想越覺心寒。

「我是個善良的人，不會作賊……」他從心底發出軟弱的呼喊，瞅着借書處櫃檯的電話發呆，打電話求救嗎？他可以打給誰？

難道致電九九九告訴警方，他懷疑自己是持槍劫匪嗎？

他沒膽量拿起電話。

不打電話，可以上網，他一轉念，目光落在借書處的電腦之上，他所受的是新傷，大概不久前弄傷的，如果不久前發生持械劫案，新聞網站的即時報道自會發放消息。他於是把椅子拉到電腦前面，坐下，摸着主機的開關鍵，按下，電腦沒反應，再按，仍沒反應，嗅到異味，湊近主機嗅一下，主機散發電子零件因過熱而損壞的殘餘焦臭。這台電腦壞了。真倒楣！

然而，借書處櫃檯外面，尚有幾台供讀者使用的電腦。

他急急走過去。

頭痛加劇，馬上停步，扶着椅背確定沒暈眩，才緩緩走近電腦，按下開關鍵，同樣沒反應。

也是失靈的電腦？還是電源出了問題？

牆上嵌着一列電燈開關。

他「啪噠啪噠」的逐一按下，圖書館內昏暗依舊。

原來是停電。

不過，燈光從窗外透進。

他不期然走到窗前，倚着窗台，望向窗外。圖書館位處校舍頂層，校舍大約樓高六層，樓下漆黑一片，隱約豎立兩個籃球架，該是個籃球場，籃球場與圍牆之間闢有花圃，牆外是行人道，牆頂安裝了兩盞路燈，一盞沒亮，另一盞亮度不足，散發混濁泛黃的光線，行人道上疏落的栽種着並不高大茂密的印度橡樹，馬路兩旁盡是違例泊車，雙線行車路面僅容一輛汽車駛過，校舍與最接近的住宅建築物相隔一個巴士總站，車站範圍內停滿一輛輛老舊的雙層巴士，住宅是公屋，小部份仍未就寢的住戶亮着零星落索的燈光，九成以上的單位盡都烏燈黑火、悶氣沉沉、了無生氣。相對於稍遠處商廈高樓外牆和天台上的璀璨霓虹燈廣告，這社區顯得特別寒傖。

他不禁問，如果他是劫匪，怎會跑到這個草根社區犯案？即使在別處犯案，為甚麼要逃到這裏？連巴士也停駛，又不見地鐵站標誌，他如何前來？自己開車嗎？街上的違例泊車之中哪一輛是他的？

連串問題，他想不到答案，眼下，停電的範圍只限這所校舍，或僅是這間圖書館，說不定，半小時後有技工登門維修電力，要不然，幾小時後天亮，學生回校上課，他遲早被人發現，不管自己是否劫匪，私闖校舍也是刑事罪行，與其坐在這裏被人拘捕，倒不如先行離去，至少找人治理傷勢，再思量自己的身份或到警署自首。

他想到這裏，覺得是沒辦法中的辦法，便走向大門，回頭瞧着遺在借書處的公事喼，邊走邊考慮，來到門前的一刻，最終決定撒手不管，伸手拉門，詎料——

門拉不開。

再拉，用力的。

仍拉不開。

門外傳出金屬互相碰撞的「錚錚」聲，從門隙往外看，一條上鎖的金屬橫柵貫串左右門把，大門在外面鎖牢。

「豈有此理！」他提腿怒蹬門板，門板前後晃動，錚聲大作，門板和金屬橫柵卻分毫無損，依舊堅固。

「哎喲……」大概過度用力，引發頭痛，本已停止滲血的後腦傷口再度撕裂，不知是否心理作用，他感到有點暈眩，不得不冷靜下來，靠着門板慢慢坐下。

門鎖着，路不通，被困圖書館內。

真的光坐在這裏，甚麼也不作，直至被發現、被拘捕？

不，他還有破門的「器具」可以動用。

一不做，二不休，他把心一橫，站起來，跑到借書處櫃檯，從公事喼裏取出一枝黑星手槍，回到門邊，右手握槍，把槍管伸出門隙，槍口對準掛鎖，左手掩着右耳，槍聲很大，可能震破耳膜。深深吸氣，慢慢呼出。他攜帶手槍，握槍穩定，手法熟練，沒絲毫發抖，看來懂得用槍，雖然有點緊張，但應不會射失，一彈足以射毀鎖扣，在警察接報到場調查前，該有足夠時間逃離校舍。

準備好了。

食指扣動扳機——

「噠——」

手槍的擊錘結實的敲打槍體，發出清亮的聲音，卻沒火藥爆炸，也沒彈頭從槍管射出。

子彈還沒上膛嗎？他狐疑，從門隙抽回手槍，左手握着滑套向後拉動，子彈理應滑進槍膛之內，發出一聲「卡嚓」，但他只聽見滑套移動的聲音。

為甚麼？

他按下握柄的彈匣卡榫，退出彈匣，一看，發覺裏面一發子彈也沒有。

這槍原來沒子彈！

趕快檢查另一枝，同樣沒有。

他長嘆一聲，如果他是賊，肯定是個笨賊，竟帶着沒子彈的雙槍犯案！

抑或當中有別的原因，令他失去所有子彈？

不過，沒子彈的手槍，仍具破壞力，他反握手槍，把槍柄當作鐵鎚使用，於門隙之間大力搥擊掛鎖。

「啪——啪——啪——」

奈何門隙太窄，每記搥擊，總是撞着門邊，既擋去部份力道，還弄痛他的手。

「哎喲……」最後的一記他使勁搥下，手背卻意外擦撞門邊，登時皮破血流，更不幸的，他吃痛，拿槍不穩，手槍從門隙滑出大門，丟在門外走廊上。

「該死！」他撕下一片內衣，用來包紮手背的傷口，幸好只是皮外傷。

前無出路，弄得傷痕纍纍，他想到放棄，返回借書處，拿起座檯電話，按九—九—

他實在需要一輛救護車。

可是，當求救後，按警方的程序，趕來的除了救護車，還有警車。到時，光是丟在圖書館門外的手槍，他已沒法向警察解釋。

還沒搞清楚自己是誰，作過甚麼勾當之前，他不宜接觸警察，所以第三個九他最終沒按。

盡快離開是肯定的，門不通，窗似乎是最後的選擇。他放下電話，忐忑地走回窗前，開始思考越窗是否可行？外牆的水管直通地面，或是一條逃走路徑，若是手足並用，抓緊水管，一直向下攀爬，只要不滑手、不失足，不難平安到達籃球場，荷里活電影裏的特工角色也是這樣在建築物外牆攀高爬低。

他推開窗，俯身研究窗台與水管之間的外牆凹凸狀況，決定第一個踏足點、第二個踏腳點，順利的話，三步便達水管。

夜風習習，不算寒涼，但吹得他毛管直豎。六層樓，不算高，乘升降機，轉眼便抵地面。但，現在從這角度，垂直往下望，他感到一陣近乎畏高的心寒。他嚥一下口水，倒抽一口涼氣，無意識地摸摸自己的肚腩，論到外形與身手，他自問遠遜湯告魯斯，不過這座並非摩天大樓，攀下六層樓的中學校舍，硬着頭皮或可勉強一試。

他把一張膠殼椅搬到窗台下，踏上椅子，轉身背向窗外，兩手扶着窗框，克服恐懼，提起右腳，跨出窗門，踩在預計的首個踏腳點之上，一如預料，踏得穩。確定平衡沒問題，他的左腳慢慢離開椅子，就在此時，右腳一滑，驟失平衡，身子往下急墜，幸虧兩手及時抓緊窗框，右腳懸空，左腳勾住窗台，得以保住性命。

幾乎墜樓身亡，他給嚇得面無人色、心膽俱裂，急急爬回圖書館內，窗外不敢再看，越窗不敢再想。他沮喪極了，縮坐窗台下的牆角，雙手抱頭，閉上眼睛，欲哭無淚。

一股莫名的沮喪大大蠶食他的脫困信心。

＊　＊　＊

七個鐘頭前。

胖子挽着黑色真皮公事喼匆匆推門進入陽光中學六樓的圖書館，臉有愧色的，說道：「張老師，對不起，現在才抽到時間過來。電腦室今天忙死了。」

「說對不起的該是我呢！良哥，差不多下班仍要勞煩你工作。」圖書館主任張老師已執拾妥當，揹着手袋，站在借書處等候，「要不是這部借書電腦失靈，擔心明早沒法為同學辦理借書手續，也不敢催促你前來維修。」

「不勞煩。電腦出了甚麼毛病?」

「大概條碼閱讀器壞了。」

「讓我看看。」

「趙莉同學臨走前把電腦主機關掉。」

「我重新啟動吧。」阿良把公事喼放在櫃檯底下。

「公事喼很酷啊!」

「今晚用的道具。」

「你今晚又去片場兼職?在學校工作了一整天,不辛苦嗎?」

「辛苦也沒辦法,香港的樓價高企,我們這些沒父蔭的打工仔,為求置業安居,惟有加倍出賣勞力。」

「你是能者多勞,多勞多得。」

阿良瞧見張老師打算下班的狀態,識趣地說:「妳先放工,我修好電腦,替妳關燈鎖門。」

「關燈便可以,我已囑咐福伯,圖書館沒亮燈,他會前來鎖門。」

「明白了，妳放工吧，明天見……」

「鈴……」阿良的手機響起，來電顯示是道具組的文仔。

「再見。」張老師揮揮手，離開圖書館。

「喂，文仔，你好。」阿良一面接聽電話，一面啟動借書處的電腦。

「阿良，道具鈔票和手槍預備好了嗎？」

「都妥當。」

「記緊準時送到片場，林導演要求嚴格，不容延誤。」

「知道。」

電腦完成啟動，屏幕畫面正常顯示。

「當你抵達片場，先打電話通知蔡製片，你有他的手機號碼嗎？」

「有，我有他的名片，在錢包裏……」阿良摸摸褲袋，空的，這才記起，剛才忙亂之間，把錢包遺在電腦室的抽屜裏。

「不說了，就這樣吧，記緊準時。」

「放心，一定準時。」阿良邊談電話邊拿起條碼閱讀器，打算檢查，沒在意連接線的絕緣膠破損，金屬線外露。他一不留神，摸着外露的金屬線——

「劈里啪啦——」

他即時觸電，向後彈開，後腦「嘭」的撞着文件櫃。

手機跌毀。

電腦主機爆出零星火花。

圖書館辦公室裏的配電箱保險掣啟動，電力中斷，全館電燈一下子熄滅。

阿良倒地不起，側臥借書處櫃檯後面，頭暈眼花，呼吸不暢，虛弱無力。

沒多久，依稀聽見福伯在門口喊道：「圖書館鎖門啦！還有沒有人？沒人，鎖門，收工。」

「福……伯……」阿良心裏掙扎呼救，嘴巴吐不出一個字。

依稀聽見門關上，橫柵上鎖。

阿良越來越虛弱。

最後失去知覺。

08
書架之間

我在書架之間發現詠欣，一看見，就愛上她。

三天前，詠欣開始跟她的書呆子男友冷戰，對他不瞅不睬，我看在眼裏，暢快在心裏。後來，才知道他在海濱長廊掌摑她。對女孩子動粗，他真該死！

那書呆子叫阿聰，是個典型的「宅男」，修讀資訊科技，與電腦打交道頭頭是道，與人溝通則格格不入，根本配不上詠欣。我搞不懂詠欣喜歡他甚麼？

今天，我如常坐在大學圖書館門外的石級上，等候詠欣。

沒多久，阿聰來了，他坐在我的左下方，與我相距四層石級。他大概也在等候詠欣。他從背囊裏取出一本書，放在膝蓋上，心不在焉地掀翻書頁，時而長嗟短嘆，時而瞧着石級發呆。他這副德性，我一看就覺討厭，多看幾眼更氣上心頭，若非我的自制能力強，早已一腳把他蹬下石級，教他跌個狗吃屎。

傷人極可能被踢出校，犯不着為這傢伙斷送我的文化研究學位，反正詠欣與他鬧得這麼僵，兩人言歸於好的可能性微乎其微，只要多花點耐性，我深信，我會取代他的位置，成為詠欣的男朋友。

到時，我一定好好待詠欣。

我第一次發現詠欣，就在背後的圖書館裏。

我喜歡在大型的圖書館裏逛來逛去，升讀大學後，拿到圖書證，更是如魚得水，每天總抽時間在書架之間漫遊。在學期的平常日子，還沒到遞交功課的「死線」，學生大都去玩耍、去做兼職，圖書館的人流不多，我逛得自在寫意。藉着漫遊，靜靜思考笛雪透（Michel de Certeau）的「空間——位置」概念，每次都有不同的領悟。

架上的書，我只看書脊，甚少拿下來打開，外借絕無僅有。書脊很好看，五顏六色，高矮參差的整齊排列。我特別欣賞那些絕版的、常被借閱的，因是絕版，位置難被取代，因常被讀者用指頭勾拉，日子一久，在書脊頂端造成一個弧形的凹陷，即使是硬皮精裝，也不例外，外層的膠裝遭到不同程度的磨蝕，露出紙張纖維，白灰灰、毛茸茸的，有時館員在上面姑且貼一層膠紙以作保護，像護士為病人貼膠布。

那是一種缺陷美，像男人身上的疤痕，能增添滄桑魅力。

我的下顎也有一道疤痕，雖是兒時頑皮的創傷，但我能為它杜撰無數的感人小故事，博取別人的同情、景仰或畏懼，例如與黑幫分子打架、跳進河裏拯救遇溺小孩、參加山地單車越野賽、參與地震災區緊急救援等等，在各種驚險處境之中受傷，留下傷痕。我有一個優點，記性好、反應快，故事源源不絕，能夠在不同場合、不同群體裏說不同故事，沒重複，不穿幫，沒人起疑。

我每次到圖書館，逗留時間不多不少，都是一小時。我盡量在不同時段前往，時間不同，感覺不一樣。例如，上午人最少、書最亂，學生大都是夜貓子，越夜越多活動，翌日不願起床，連早上的課也敢蹺，誰會到圖書館？早更的館員來不及收拾前一晚的殘局，架上的書歪歪斜斜、號碼錯亂，書車上、影印機旁，更是一片紊亂，隨時找到一座座的小書山。別說我變態，那簡直是一種紊亂美。不經意的雜亂無章，集體顛覆既定的秩序，非常動人！

午後，書本逐漸歸位，排放整齊的等候讀者取閱。這時候，學生陸續下課，不同的臉孔進入圖書館，同系的學生搶借教授指定的參考書，不同系的搶佔討論室，各個討論室變成不同的場域：政治、經濟、社會、教育、工程、電腦、文學、物理、數學等等，各種想法、意見、習性互相抗衡、衝擊和調整，這不就是布迪厄（Pierre Bourdieu）的場域論述嗎？我化身「沉默他者」，冷眼旁觀，瀏覽社會縮影。

晚上，我通常感到孤單，不想遇見任何人，若在圖書館裏，便藏身那個被書架包圍的靠窗小角落，諦聽晚風在外面敲打窗子，觀賞窗外樹影婆娑下的月色，不受干擾的享受孤獨。置身書架之間，宛如一道道的書牆把我包圍。每本書都是人類知識的累積，傅柯（Michel Foucault）的「權力——知識」推論，知識帶來權力。我被人類知識包圍，那麼，我就成為權力的核心。權力的頂峰，容不下第二個人，只有孤獨。

直至遇見詠欣，我的理念動搖，習慣完全改變。

那天是十月三日，上學期開課後的第三個星期四，上午八時三十四分，圖書館開門不久，我以為我是當日第一個進入圖書館的學生，沒想到詠欣比我更早，當我在書架之間意外發現她，感覺是驚為天人。

視線受對上的層板、對下的書本所阻，我首先看見她的下半張臉，白皙的皮膚、尖尖的下巴、美好的臉形，一張櫻桃小嘴，淡淡的搽上唇彩，看起來柔軟、潤澤、性感，吻起來的話，一定非常美妙。她正在專心找書，沒留意我在書架的另一邊留意她。我加快步速，又不引人注意的走向書架盡頭，拐彎繞到她所在的位置，佯裝找書，偷偷觀賞她，沒令我失望，一如所料，五官的配搭、身材、高度都是我最鍾愛的，絕對是《Love Live!》園田海未的真人版。

我找到了。

三生有幸。

她好像時間緊迫，找到所需的書本後，匆匆跑到影印機前，匆匆複影資料，卻忘記從卡槽取回八達通卡，我想提醒她，她已跑進升降機內。我站在升降機門外，看着樓層顯示燈，她乘的升降機一直降至出口層才停下，大概她趕着上課。

我走到影印機旁，為她取回個人八達通卡，上面印着她的姓名，我默默記住了，便把它交給館員，説是讀者的失物。

估計她很快察覺遺失八達通卡，最快下課後折返圖書館認領，於是我等她，首次破例在圖書館逗留超過一小時，期間，我上網作「人肉搜尋」，找到一些關於她的資料，知道她就讀甚麼中學、大學主修甚麼、參加甚麼學會、家住哪一區、得過哪些獎項，尤其找到她的 Facebook 帳戶，當中我們有兩個「共同朋友」，我送出「交友邀請」亦不算唐突。

大約過了三小時，詠欣答應我的「交友邀請」，相信她剛下課，再使用手機。

我馬上登入她的 Facebook 個人檔案，一面瀏覽她的帖子、下載她的照片，一面注視圖書館入口。十五分鐘過後，詠欣回來了，在諮詢櫃檯領回八達通卡，便離開圖書館。

我開始跟蹤詠欣。

午後的行人走廊，到處都是學生，我的跟蹤很順利，與她保持一段安全的距離，既不會跟丟，也不易被她發現，利用往來的學生作掩飾，她完全不察覺我的存在。她經過餐廳，沒進去，午飯時間，我已飢腸轆轆，她不餓嗎？女孩子愛美，十居其九節食減肥，不吃午餐，但她並不胖。

她來到銀行櫃員機前，趁着排隊，掏出手機，上網打發時間，大概觀看有趣的短片吧，邊看邊微笑。我忍不住偷拍她的側面，可惜距離太遠，效果不理想。輪到她了，她收起手機，從櫃員機提取現金後，繼續向前走。她的一縷散在肩上的如絲長髮，左右搖擺，風姿綽約。她的步履輕盈，不疾不徐，從她的步行姿勢，可推忖她的品性，屬於謙和良善，遇見迎面而來、或擦身而過的人，她總是禮讓別人，不爭先，不恐後。我越來越喜歡她。

經過大學禮堂，經過室內運動場，經過科學大樓，她最後進入學生宿舍，我不是宿生，跟蹤被迫到此為止。

往後的日子，我調整自己的習慣去適應詠欣的習慣。她通常在下課後到圖書館找資料，我查清楚她所修的科目和上課時間，便依時在圖書館裏等候她，她有時來，有時不來。她來或不來，都不打緊。看見她、跟蹤她，我固然快樂。她不來亦無關係，望穿秋水的感覺原來是一種淒美的體驗。衣帶漸寬終不悔，為伊消得人憔悴。總之，我對她不離不棄，不論秋風蕭瑟、冬日暖陽、春雨綿綿，我都在她的背後默默守護。

綜觀整個上學期，詠欣沒拍拖，她的朋友以女生為主，偶爾有男生出現都是一大班同學，她沒單獨與異性約會。

儘管我對詠欣的生活非常了解，但苦無機會與她面對面接觸，因為就我對她的了解，她對陌生人有點抗拒，我與她之間，欠缺一個可供接觸的共通點，學系不同、生活圈子不同，我貿然現身，處理不好，只會嚇怕她，弄巧反拙。

我惟有耐心地等待。

到了下學期，那個叫阿聰的渾蛋出現了，最初是幾個做 project 的組員經常走在一起，漸漸人數減少，詠欣與阿聰獨處的時間和次數越來越多，雖然他們沒親暱的舉措，例如牽手，但我感到詠欣對他產生好感。

簡直混帳！

就在我的癡心妄想快要變成泡影之際，天可憐見，多給我一次機會，戲劇性地，詠欣跟阿聰鬧翻。所以，我要珍惜這次機會，至少讓詠欣明白我的心意。經過許多個晚上輾轉反側、思前想後，今天，不管後果如何，我決定拿出最大的勇氣和最深的誠意，向她表白。

圖書館裏不方便說話，我在門外等她，向她傾心吐意。

可是，那個可惡的阿聰偏偏在這個關鍵時刻出現。

我還沒想到辦法趕跑阿聰，詠欣來了。

阿聰仍在發呆，她竟主動攀談：「仍在看《三國》，不厭悶嗎？」

「啊！」阿聰登時跳了起來，也不管書本丟下石級，連忙轉身捉住詠欣的手臂，一副娘娘腔的說：「妳打我出氣吧，不論出手多重、打多少下，都可以。」

「我才不打痛自己的手。」

詠欣，我樂意代勞，妳讓開吧。我扯高衣袖。

「我自摑耳光。」阿聰舉起手掌。

苦肉計呢！這傢伙，好卑鄙！詠欣千萬別上當。

「傻的麼。」詠欣阻止。

「妳不生氣了，真好！」

校園何時變得如此乾淨？沒石頭，沒破瓶，沒爛花盆。若有，隨便撿起一樣，我就擲過去，砸穿他的腦袋。

「氣還沒全消，視乎你日後的表現。」

「一定表現良好。」阿聰牽住她的手，「妳不生氣，可告訴我原因嗎？」

喂！我警告你，快放開我的詠欣，再牽，我拿刀砍斷你的臭手。

「有位長輩讓我看了一頁書。」

「那人是誰？看甚麼書？」

對，甚麼地方鑽個「老而不」出來，多管閒事？

「我偏不告訴你。」詠欣忸怩地扯開話題，「我們的 project 已停工三天，要趕快復工，追回進度。」

「對，到我家吧。走。」阿聰揹起背囊，拖着詠欣一同跑下石級。

光天化日之下，這個無賴膽敢拖詠欣回家，居心叵測呀！

我待要除鞋擲他之際——

「喂，你的《三國》……」

「噢。」阿聰聞言停步，打算轉身拾書，他沒意識到，自己犯上大部份揹背囊乘搭公共交通工具的男人同一毛病，忽略背囊的厚度，當他轉身時，背囊把詠欣逼向石級邊緣，彎腰拾書時，更把詠欣擠出石級。

詠欣失去平衡——

「不要擠——呀——」

詠欣即將滾下石級，我想也不想，縱身撲下，及時抓住她的臂，攬住她的腰，可是，我的左腳落點湊巧在石級邊緣，腳掌一扭，踝關節「嘞」的屈折，往後便倒。滾下石級前，我把詠欣推進阿聰懷裏，只要她平安無恙，我願意放手，自己受傷也在所不計。

哎喲……

只覺天旋地轉，渾身疼痛。

最痛的部位是下顎……

「你別扶他呀！他滾下石級，不知有沒有骨折，不能移動身體。」是詠欣的聲音，語氣非常緊張。

「他流血……」是阿聰的聲音，一聽，就知道他不知所措。

「都是你不好，冒冒失失的，出事了！若不是他，滾下石級的是我呢！」詠欣蹲在我身旁，拿着一件軟綿綿的東西，按壓我的下顎，替我止血，「你站着幹甚麼？快去找人幫忙，去圖書館找保安員召喚救護車，快！」

「是……」

「你不會有事的。多謝你。」詠欣第一次面對面跟我説話，她的表情和聲音充滿關懷，她開始在意我了，「不要説話，你的下顎受傷，安心躺着，救護車很快便到。」

我眨眨眼睛，表示明白。

有她在身旁，痛楚、流血都不相干。

「這人好勇敢呢！」旁邊的人説。

「我認得他，他修讀文化研究的，姓名忘了，只記得上學期他的精神出了問題，休學一年。」

「説起來，我也記得他，他幾乎天天在圖書館裏流連，不過，從不騷擾別人。」

「休學仍可進圖書館，奇怪？」

「聽説是特別安排，他的主診醫生跟校方溝通後，圖書館發一張臨時證給他。」

「想不到，他的心腸真好，希望他沒事。」

「他的下顎傷得很重，即使傷口癒合，恐怕日後留下疤痕。」

「不怕，有些少疤痕，才有男人味。」

「傷的不是你，別說風涼話。」

我閉上眼睛，心裏喜歡。

以後，我不必為疤痕編造故事，我可以堂堂正正地告訴所有人，我下顎的傷，是為保護心愛的女孩而受的。

09
報刊閱覽區

星期日早上九點鐘，少年宮地鐵站較平日冷清，福田區的行政大樓、辦公室鮮有人上班，地鐵站出口的福中一路，車輛和路人都疏落。尤金來提起公事包，拖着疲倦的腳步，步出地鐵車廂，踏上扶手電梯。扶手電梯緩緩的將他送上地面。街上甚是翳焗，地鐵站出口外面，聚了一團來自珠三角工廠區、充斥着懸浮粒子的悶熱空氣。當尤金來從涼浸浸的地鐵站跨出去——

「乞超——」

他打了個大噴嚏，用手背擦擦鼻子的癢，除下西裝外套，露出扣錯鈕子的恤衫，恤衫東扯西拉的，令他臃腫的身形顯得越更臃腫。

尤金來是北上深圳當投資顧問的香港人，專門為客戶買賣樓房、股票、期權、外幣。他在深圳的地產和金融界打滾十多年，薄具名氣。他那句口頭禪「有我尤金來，保證你油水、現金一齊來」一度成為他的金漆招牌。

不過，市場總有升跌起落，尤其在中國，經濟發展往往受政治影響，例如改革開放以來每三、五年一次的宏觀調控，投資者或投機者必須適應，誰適應得快，誰便嚐到頭淡湯。曾經有一段日子，尤金來的適應力較慢，生意額大跌，給人一種面臨行業淘汰的暮氣。

幸而，近年利好消息居多，大灣區發展、深港通啟動等，都是帶動經濟迅速發展的勢頭，尤金來這人有個優點，就是積極進取，生意不好嗎？他加倍努力鑽營，雖然這個星期，他患上感冒，仍一如往常，星期日到深圳圖書館看過去一週的舊報紙，做些功課，分析社會、政經形勢，預備下週一再戰「股海」。儘管當今之勢，手機資訊方便快捷，尤金來是個老派人，習慣一邊觸摸紙章的質感，一邊思考，聽到掀動報紙時的「沙沙」聲，腦筋特別靈活。相反，掃撥冷硬的手機屏幕，完全沒有這些感覺。

走在福中一路，抬頭往前看，深圳圖書館的東側是一片由三維玻璃組成的水幕牆，建築設計像個巨型豎琴。記得十多年前，他初次來圖書館，瞧見這片水幕牆，尤金來嘆為觀止，如今多看了，習以為常，已沒新鮮感。

尤金來由福中一路的入口走進圖書館，圖書館共六層，報刊閱覽區位於第一層。他一逕走到服務櫃檯，不見有人當值，他看左看右，周遭只得十來個讀報的叔叔伯伯，沒一個職員。

尤金來輕輕敲兩下櫃檯，壓低嗓子問：「請問，有職員嗎？」

「來啦。」櫃檯後面的木門「伊呀」打開，一人從辦公室內閃出。

尤金來張大嘴巴，眼定定的瞅着這人。看見這人出現圖書館櫃檯，其震撼程度，跟當初乍見水幕牆，有過之而無不及。這人染了一個火紅色的雞冠頭，雙眼戴上紫藍色的隱形眼鏡，鼻頭勾了一圈直徑5厘米的銀環，身穿鐵鏈皮褸、皮褲，腳踩一雙長筒軍靴，「咯咯凸凸」的朝着尤金來跑去，以感冒般的沙啞聲線問：「要甚麼？」

單憑外形、聲音，尤金來根本分不出這人是男是女。尤金來於是瞥一眼這人襟前的職員證。照片中人是一個長髮垂肩、戴粗邊眼鏡的女孩，職員姓名一欄，寫着陳靜。尤金來從沒見過她，多半是新來的職員。

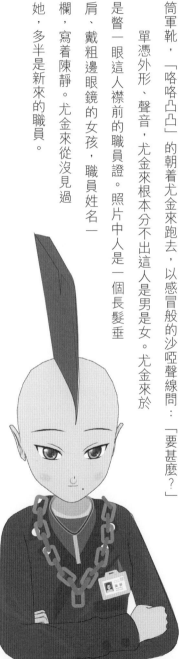

「先生，你想要甚麼？」陳靜眨眨她的紫藍眼睛。

「噢，我想……借……上星期的舊報紙。」

「不借。」

「嗄？為甚麼？」

「因為你扣錯衣鈕，哈哈……」陳靜站在「保持肅靜」的告示牌下面開懷狂笑。

周遭的叔叔伯伯仍舊垂首讀報，對於陳靜的失態舉動，全都不以為然。反而，尤金來被她當眾指出扣錯衣鈕，顯得有點困窘。

陳靜突然收起笑容，板起臉孔道：「說笑罷了，你想借甚麼報紙？」這人笑便笑，收便收，情緒化得很。

「《深圳商報》。」尤金來趕緊扣好衣鈕。

「沒《深圳商報》，只有《深圳日報》，要不要？」

「也好。」

「給我十秒。」說着，陳靜「咯咯凸凸」的閃回辦公室裏去。

尤金來轉身挨着櫃檯，隨意四下打量，深圳圖書館的內部佈局，以大開放、無間隔著名，空間感極強，尤其今天讀者較平日疏落，四周空蕩蕩的，更覺寬敞。

星期日早晨的圖書館，讀者稀少，或許人們還未起床吧，尤金來心裏想。

「啪——」

大疊報紙紙拋落尤金來身後的檯面，把尤金來嚇了一跳。

「過去七天的《深圳日報》，全在這裏。」陳靜道。

「謝了。」尤金來奇怪，這趟陳靜所穿的軍靴幹甚麼不敲響地板？

陳靜似乎心領神會，一屁股坐在辦公椅上，雙手按住椅子的枕臂，借力挺腰撐起雙腿，像體操運動員練習鞍馬一般，讓尤金來看清楚她的雙腳。原來她已改穿一雙「人字拖」。

圖書館怎會聘用這種不倫不類的女孩？尤金來忖道。當然，這是人家的事，他沒必要花時間探究，他捧起報紙，走開，揀了一張靠牆的桌子，坐下。水幕牆對着蓮花山，人們常說蓮花山的風景秀美，尤金來卻認為一般而已，大概又是看得多，習以為常。他攤開昨天的報紙，取出紙筆，選讀一段國家主席在人大的發言。主席明確地指出，樓房是住的，不是炒的，國內炒風熾熱，特別是樓房地產方面，升幅極不正常，政府要加大宏調的力道……

「啪——」大疊報紙拋落尤金來身旁的桌面，又把尤金來嚇了一跳。

「過去七天的《深圳商報》。」陳靜如幽靈般毫無先兆地出現桌前。

尤金來深深吸一口氣，定一定神，搖着頭道：「謝了。」

「不用謝。」陳靜收起桌上的《深圳日報》。

「喂，我正在讀……」

「《深圳商報》才是你的首選啊！」

「對，我不錯是這樣說過，但妳既然給我《深圳日報》，而我已開始閱讀《深圳日報》，至少讓我讀完這段新聞。」

「不！本圖書館一向以服務為本，你要《深圳商報》，水裏水，火裏火，我兩肋插刀，誓要為你找到。如今找到了，你不能不配合與認同我的服務，立——即——還我《深圳日報》，改——讀——《深圳商報》。不然的話，我會視為，你在侮辱我的專業智慧，挑釁我的專業權威。若然如此，後果有兩個，一是我引咎辭職，之後跳河自盡；二是我打斷你的腿，把你攆出圖書館，以後不許你進來。你選哪一個？」陳靜越說越激動。

「為了幾份舊報紙，沒這麼嚴重吧？」尤金來不相信陳靜的話；然而，圖書館終究是安靜、文明的場所，尤金來不想因幾張報紙，而鬧大事情，騷擾其他讀者，甚至搞出人命，為了息事寧人，他惟有讓步，無奈地說：「我看《深圳商報》吧。」

「謝謝你的合作。」陳靜抓起尤金來的手，大力地握了一下，然後迅速收起桌上的《深圳日報》，飛快地奔回櫃檯。

奇怪得很，尤金來這才注意到，報刊閱覽區內的叔叔伯伯一直埋首讀報，對於陳靜的吵鬧，視若無睹，全沒反應。

難道大家都習以為常，見怪不怪？可是，圖書館怎可能容得下這種言行古怪的職員？

「算了，算了，事不關己，無謂費神，還是趕快看完報紙，找老朱喝茶。」尤金來一邊咕嚕，一邊掀開《深圳商報》。

他一口氣讀了三則關於「一帶一路」的新聞，做了些筆記，覺得頸梗膊酸，於是改變一下閱讀姿勢，把報紙端起，背脊往後靠着椅背，由低頭讀報改為平視，再看了礦物股的分析、深圳A股的評論，眼睛有點累，他打個呵欠，放下報紙，才放下少許，赫然發覺陳靜不知何時坐在他的對面，用一雙紫藍眼睛一眼不眨地盯着他。尤金來給她盯得心裏發毛，手一鬆，報紙散落地板。尤金來左手按住卜卜亂跳的胸口，問：「妳又想怎樣？」

「我想幫你。」陳靜以平板沙啞的腔調回答。

「我沒事情需要妳幫忙。」

「有。你有。」

「我有……」

「你眼瞓。」

「我眼瞓那又如何？」

陳靜伸出右手，舉起食指勾動兩下，神神秘秘的眨動眼睛，示意尤金來靠過去。尤金來遲疑地俯身傾前，雙手擱在桌面，伸長脖子，側耳聽聽她到底說些甚麼鬼話。陳靜卻沒說話，她不發一言，再伸出左手，她的手背上鋪了一層白色的微細晶體，她把晶體遞到尤金來面前。

這些晶體氣味怪怪的，不似糖，也不似鹽。

「吸一下，有助提神。」陳靜道。

「這是甚麼東西？」

「海——洛——英。」

尤金來聞言，立即彈離座位，破口大罵：「妳有沒有弄錯？竟叫我吸毒！」

陳靜抿抿嘴巴，淡然道：「大驚小怪。你不吸，我吸。」説罷，用右手緊揑右鼻孔，低頭以左鼻孔猛吸手背上的海洛英，發出一陣惹人反感的「嘶嘶」聲。

尤金來喝道：「妳公然在圖書館裏吸毒，視法紀如無物。我要投訴妳，我要舉報妳。」

陳靜用雙手按壓兩側太陽穴，閉起兩眼，一臉意猶未盡。她懶洋洋地説：「館長在五樓，投訴請隨便。至於舉報嘛，門外有公眾電話，報公安不用付錢。」

「妳……簡直不知所謂！」

陳靜的頭顱不由自主地晃動，身體也接着不由自主地晃動。她垂下右手支着桌面站起，「呼」的踉跌椅子，搖搖擺擺的踱回櫃檯，口裏重複哼唱：「你算甚麼男人，

算甚麼男人，眼睜睜看，她走卻不聞不問，就是有多天真，別再硬撐，期待你挽回，你卻拱手讓人……」

尤金來推開所有報紙，收拾自己的東西，挽起外套和公事包，道：「我這就去……」

「錚……」櫃檯後面傳來一陣鐵器磨擦地板的聲音。

「她又搞甚麼？」尤金來心裏狐疑。他走了兩步，停下來，回頭看清楚，不禁大驚失色。原來陳靜拖着一把大關刀，慢慢從櫃檯後面轉出來。

「不是吧？」尤金來年輕時練過幾年少林拳，勉強稱得上少林俗家弟子，武學知識多少總有一些。他認得陳靜手拖的關刀，刀身狹長，刀頭有回鈎，鈎尖似槍，刀背有凸出鋸齒狀利刃，形如偃月，刀身鑄有青龍圖案。

「青龍偃月刀？」公事包和外套自尤金來手中滑落地板。

陳靜拖刀至大堂中央，左足一踢刀柄，把那張重百來斤的關刀挑起，右手叉腰，左手抓握刀柄，刀刃朝天，「鈎」的將刀鐏砸在地上，倚刀而立，好不威風！

陳靜在圖書館內舞弄關刀，太匪夷所思了；不過，更匪夷所思的是，周遭的叔叔伯伯仍舊木然讀報，不為所動。。

陳靜掃視一週後，斥喝一聲，使出一招「弓步展刀」，刀鋒過處，寒光閃閃，虎虎生風。她喝道：「報紙，壓制思想，荼毒心靈，該當滅絕！報紙，砍伐樹木，破壞自然，罪大惡極！報紙，弄虛作假，嘩眾取寵，最要不得！我呸！我劈！」她那個「劈」字剛出口，已提膝翻身，望左側一個伯伯手中的報紙，就是一招「跳步劈刀」——

「裂——」那張報紙分成兩半。

「裂——」那位伯伯的頭顱分成兩半。

「啊！」尤金來看得傻了眼，腦袋空白一片，雙足失控地發抖，腿一軟，一跤跌坐地上。

看時，其餘的叔叔伯伯還是一動不動。兇案就在眼前發生，隨時禍及己身，他們不逃不叫不問不避不怕不望不聽不理，彷彿他們不是讀報，而是被報紙催眠了。

陳靜殺得性起，怪叫一聲，前方「虛步撩刀」、後方「叉步拍刀」、左方「仆步磨刀」、右方「歇步掛刀」、左前方「馬步削刀」、右後方「追步割刀」、左後方「箭步拘刀」、右前方「退步裁刀」……

手起刀落，她把報刊閱覽區裏的人統統砍倒，最後只剩下尤金來。

只見陳靜氣不喘，汗不流，背刀凝立，冷冷的瞅着尤金來。尤金來坐在地上，悄悄挪動屁股，向着出口移去。

「你還未看我給你的《深圳商報》，不能走。」陳靜咬着牙道。

不走？還有命麼！尤金來連跌帶爬的跑往出口。

「休想逃啊！」陳靜背刀追趕。

兩人一前一後，直奔出報刊服務區，望大門口跑去。

眼看快要逃出圖書館，尤金來開始感到如釋重負，但他輕鬆得太早了。陳靜舉起關刀向前擲出。尤金來忽覺耳後生風，頭一低，關刀從他的頭頂飛過，「鈎」的插入門前的地板裏，攔住尤金來去路。

尤金來摸摸脖子，幾乎頭顱不保，嚇出一身冷汗。回頭，陳靜轉眼便殺到，他慌不擇路，跑上扶手電梯，逃往圖書館的第二層。

陳靜追至大門前面，雙手握着關刀，往後拉，不動，再拉，也不動。她紮牢馬步，攤開雙掌，吐些口水在掌心，雙掌互搓幾下，咬緊牙關，使勁再拉。

趁着陳靜拔刀，尤金來逃到第二層，他高呼救命，想找其他人幫忙，但，第二層沒一個人影，仰頭看看第三層，同樣不見一人。陳靜狂性大發，持刀殺人，讀者不跑光才怪呢？

樓下，陳靜終於從地板拔出關刀，尖聲喊叫：「胖子，你在哪裏？」

尤金來跑到外文圖書借閱區，躲在兩列書架中間，不住喘氣，大嘆今天不知交了甚麼霉運，遇上瘋婦殺人？但願那些逃出圖書館的人已經找到公安武警，他們正趕來拘捕陳靜。

「胖子，你在何處喔？」聲音自扶手電梯那邊傳來，光聽陳靜的語氣，還以為年輕母親跟稚齡兒子玩躲貓貓，「我知你躲在第二層，你在中文圖書借閱區還是外文圖書借閱區呀？」

尤金來屏住氣息，不敢作聲。

「你乖乖出來投降吧。若給我尋到你，我會重重打你的肥屁股啊！」陳靜的語氣漸變得嚴厲，她一邊嚇唬，一邊用關刀拍打書架，敲出「劈啪」之聲。

尤金來摸摸衣袋，找找身上有沒有東西應急，摸來摸去，只得鑰匙、錢包、紙巾、原子筆等沒用之物，其餘的東西，包括手提電話，都在公事包內，而公事包早丟在第一層。

驀地，一股不尋常的巨響和震動由遠逼近，尤金來心知不妙，立刻躬身一滾，滾到書架前端，探頭一看，不得了！書架猶如倒骨牌，一列壓跌一列，排山倒海的，直傾過來，剛塌至尤金來身後那列。就在千鈞一髮之際，尤金來縱身一撲，撲出走廊，書架轟然塌下，差點把他壓扁。

「好險！」尤金來揑一把冷汗。

「胖——子——」

尤金來回望走廊盡頭，但見陳靜騎在一架金屬書車之上，掄起關刀。尤金來急急爬起。陳靜用刀身一拍胯下的書車，書車猶如安裝了馬達一般，自動導航似的向前滑行，朝尤金來直衝過來。尤金來大駭，轉身逃跑，一個不留神，踩着地上的《Harry Potter》第一集，絆了一跤。他跪在地上，隨手撿起那本《Harry Potter》第一集，奮力擲向陳靜。陳靜舉刀一迎，「唰」的一聲，把《Harry Potter》第一集斬成兩半，前半部飛墜第一層，後半部彈往中文圖書借閱區，傳出兩聲巨響，不知造成甚麼破壞。

尤金來接連抓起第二集、第三集、第四集、第五集、第六集，一一擲往陳靜。陳靜雙手攬刀，把《Harry Potter》統統撥掉。尤金來回身再拾，卻摸了個空。

「所有《Harry Potter》第七集的複本，都給人借光了。你沒書可擲了，受死吧！」陳靜拍馬，不，拍車衝到，揮刀便砍——

尤金來機警地滾開，避過一刀。陳靜雙腿一夾，書車煞停，她待要轉身再劈。尤金來當然不會坐以待斃，他雖然身形臃腫，但身手靈活，亦深諳「射人先射馬」的道理。陳靜剛撥轉車頭，他已雙手支地，撐起身子，腳踢連橫。

「啪——」

「蓬——」

兩腳皆中，車翻人倒，關刀丟地。

尤金來原地站穩。陳靜伏在書車之上，動也不動，看似昏了。尤金來小心翼翼地走近，先踢開關刀，再踢踢陳靜。陳靜毫無反應。

尤金來拍拍雙手，笑道：「哈，老子一出手，妳……」

突然，陳靜反手抓住尤金來的腳脛，道：「你還未看《深圳商報》……」

「啊呀！我踢死妳，踩死妳，蹬死妳，踹死妳。妳這個臭瘋婦、殺人狂、女魔頭……」

尤金來一輪亂踢之後，陳靜終於放開尤金來，尤金來慌忙後退，道：「此地不宜久留，速速離開為妙……啊呀——」

他踩着地上的鍘刀，重重的摔個四腳朝天……

＊　＊　＊

「鈴……」

電話鈴聲把尤金來吵醒，他揉揉眼睛，拿起手提電話，應道：「喂，哪一位？」

「先生，您好，我叫Amy，是速遞公司打來的，有一件從上海寄給您的包裹被公安局扣查……」

「沒人從上海寄東西給我。」尤金來摸摸自己的頭，頭上裹纏繃帶，而手臂上插着鹽水點滴。

「先生，公安在包裏裏查出違禁品，您將會有麻煩……」

「我現在已經非常麻煩呢！」

此時，房門打開，一名護士捧着金屬盤子進來。

「咦，你醒了。不過，病房裏不准談電話噢。」

「哦，Amy，我掛線了，妳找別人行騙吧。」尤金來把手提電話放在床邊，問護士：「姑娘，我睡了多久。」

「唔，今早九時左右，有人發現你暈倒少年宮地鐵站出口附近，報警把你送進醫院。現在是下午一時……」

「慢着，慢着，我記得在圖書館裏跌倒，而且是早上十時的事。」

「你記錯了。通常頭部創傷、昏迷之後，病人的記憶會受影響。可別擔心，多休息，快康復，遲些你完全清醒，便會記起前事。」

「但願妳是對的。」

護士放下盤子，從盤裏拿起針筒。

「姑娘，你很面熟，但記不起在哪裏見過妳。」

「是嗎？」

尤金來瞥一眼護士襟前的職員證。照片中人是一個長髮垂肩、戴粗邊眼鏡的女孩，職員姓名一欄，寫着陳靜。

「噢！陳靜！」

「打針啦。」

「哎呀……」

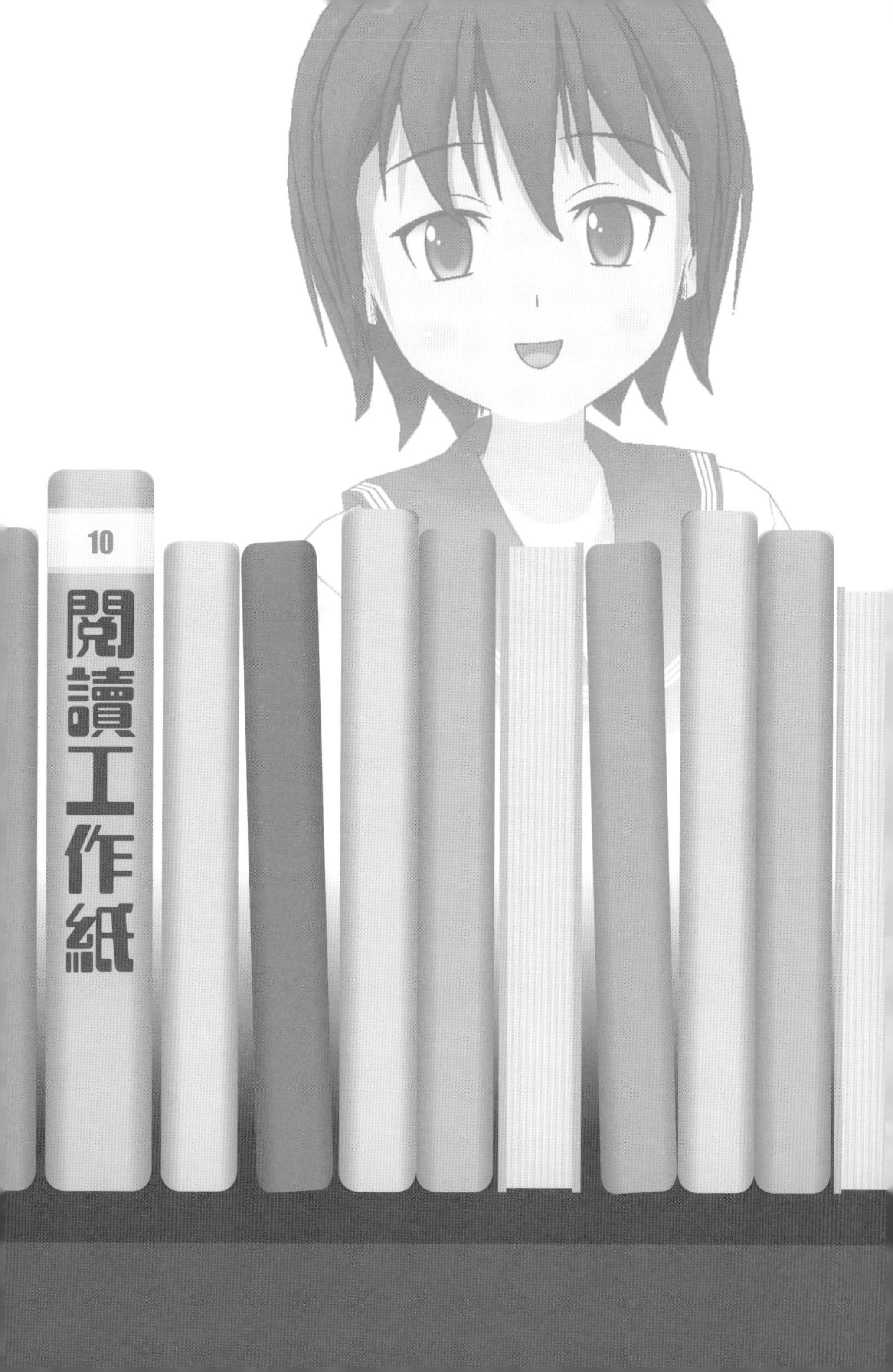
10
閱讀工作紙

「小麗，爺爺來探我們，快出來。」周媽媽站在敞開的睡房門前，用指尖「得得得」的敲響門板。

「等一會，我過了這關才可跑開，只差一點點。」

「哎喲，小麗在忙甚麼呀？」周爺爺在客廳帶笑張望睡房。

「爺爺，我玩三國 online。」

「老爺，你先坐下歇歇，我給你倒茶。」周媽媽轉進廚房。

周爺爺稍微嘆氣，坐在沙發上，想了想，以最溫和的語氣，婉轉地說：「家嫂，我聽人說，小孩子沉迷電玩，不僅妨礙學業，還可能影響腦筋、視力。另外，我又聽人說，那些線上遊戲不離打打殺殺，女孩子玩，恐怕有失斯文……」

「你放心好了，爺爺。媽媽每天只准我們玩一小時 online game，做完功課才上網，不會沉迷。」周小麗跑出睡房，跳上沙發，坐在爺爺身旁，「而且，我玩的三國 online 版本，不是一味打殺的，還有謀略、治國、外交等鬥智玩意。」

「我不會讓他們倆兄妹放肆。」周媽媽從廚房端茶出來，「老爺，請喝茶。」

「謝謝。」周爺接過茶杯，「咦，不見小明，他不在家嗎？」

「哥哥一早外出，約了趙莉，還有朱婉儀。」

「同一時間跟兩個女孩子約會？」周爺爺的笑容古怪。

「爺爺，你想歪了，他們不是男女朋友那種約會。朱婉儀本來跟哥哥和趙莉不和，後來哥哥跟朱太太打賭，朱婉儀不知怎的暗中幫助哥哥，給朱太太知道，弄至母女不和，朱婉儀很不開心，哥哥和趙莉去安慰她。」

「他們的關係挺複雜呢！爺爺不懂。」周爺爺皺起眉頭。

「我也不懂小明在學校搞甚麼，就是那次打賭，害得朱太太被迫辭去家教會主席。上星期，我在街上遇見朱太太，她連我也惱了，我跟她打招呼，她不睬我。算了，別談不愉快的事。小麗，妳昨天不是拿了一個閱讀獎嗎？」媽媽推小麗的背，「快拎給爺爺看。」

「知道。」周小麗一陣風似的跑開。

「甚麼閱讀獎？」得悉孫女拿獎，周爺爺老懷寬慰。

「是他們中一級的全級第一名，全學年閱讀課外書最多。」

「真的？小麗真有恆心，總共讀了多少本？」

周小麗又一陣風似的跑回來，把一張金燦燦的獎狀放在爺爺的大腿上，然後舉起五根指頭。

「五本。」周爺爺猜道。

「不，五十本。」

「嘩！五十本那麼多。一年有五十二個星期，算起來，妳平均每星期讀一本書，很用功，不簡單呢！」周爺爺摸摸小麗的頭，「妳讀過那些書？有沒有古典名著？」

「書名都印在獎狀背頁。你自己看吧。」

「哦，讓我看看，第一本原來是《水滸傳》。哈，不說妳們不知，爺爺我當年唸小學時第一次讀《水滸傳》，不過，當年我的爸爸不准我讀，我是偷讀的。」

「你的爸爸為甚麼不准你讀課外書？」周小麗奇怪地眨眨眼睛。

「他說，老不讀《三國》，少不讀《水滸》。」

周小麗一臉不明白。

「《三國演義》，權謀詭詐，老人閱歷豐富，只怕越讀越老奸巨猾。《水滸傳》，快意恩仇，少年人血氣方剛，只怕越讀越好勇鬥狠，例如魯達三拳打死鎮關西，你們年輕人少不更事，容易衝動，只怕有樣學樣，隨便打架生事。」

「魯達為甚麼要打鎮關西？」周小麗好奇追問。

「鎮關西欺凌百姓，魯達為民請命，咦！妳怎會不知道原因？」不明白的表情轉到周爺爺臉上，「妳不是讀過《水滸傳》嗎？」

周小麗尷尬地搔頭。

「妳沒讀過《水滸傳》？怎拿閱讀獎？」

「拿閱讀獎，交閱讀工作紙就可以。工作紙，我交得最多，便拿獎。」

「妳不讀書，怎能完成工作紙？」周爺爺越聽越糊塗。

「做工作紙，不需把書打開。封面和封底通常印上所需資料，書名、作者、出版社、內容大要等等，都齊全。假若還不夠，看看前言、後語之類，一定足夠。」周小麗說得頭頭是道，「我坐在圖書館裏，左抄右抄，一個早上，至少做它十份八份。」

「這……怎可以……這是……自欺欺人……」周爺爺擠不出一點笑容，「聽起來，這種工作紙只能滿足文件需要，不能滿足閱讀需要，對於推廣學生課外閱讀沒有裨益。」

「小麗……」周媽媽連忙搭着小麗肩頭，「爺爺說得對，我們不能自欺欺人，今年暑假，妳的首要暑期項目是補看《水滸傳》……」

「暑假很忙耶！」周小麗嘟囔，「上補習班啦，上游泳班啦，參加國內交流團啦，學繪畫啦，學拉小提琴啦，根本沒空餘時間讀課外書。」

「事在人為，盡量抽時間囉。」周媽媽不再跟小麗討價還價，遂轉換話題，「妳快去換衣服，我們陪爺爺去喝下午茶。」

「好啊！我要吃蝦餃、燒賣、小籠包。」周小麗從沙發跳起身，一步一蹦跳的返回睡房，「媽，我的新裙子在哪裏？」

「衣櫃右側向下第二個抽屜，找到嗎？」

「找不到呀！」

「怎可能沒有……」周媽媽惟有親自出馬。

剩下周爺爺一人留在客廳。他呷一口茶，再看一遍那張

閱讀獎狀背面的書目，不乏中外名著，其實五十本不必讀遍，學生若認真切實地讀幾本，已一生受用，可惜只是門面工夫，弄虛作假，他不禁頓首嘆息，隨手把獎狀放在茶几上。

＊　＊　＊

「小麗，妳陪爺爺在這兒坐一會，我過去接待處取票輪候。」

「嘩！真熱鬧。」周爺爺坐在酒樓門外的摺椅上。

「這間酒樓的下午茶特別便宜，所有點心半價，很多人為了省錢，索性不吃午飯，等到下午茶時段才來光顧。」

「這麼多人，豈不是要輪候很久？」

「等一會吧。你先坐，我取票便回。小麗，陪着爺爺，不要跑開。」

「知道啦。長氣呀妳。」周小麗向媽媽扮個鬼臉。

「淘氣呀妳。」周媽媽拿她沒辦法。

周媽媽走開後，周小麗變得一本正經，安靜地挨爺爺坐下，小聲說：「其實我不想做假的。」

「嗄？」

「那些工作紙。因為我看書比較慢，如果看完整本書才做工作紙，一年也沒十份，就不可能拿獎了。每個同學都這樣抄，張老師亦沒查問我們有沒有看過書，她每收一份工作紙便加一分，誰的分數累積最多，就拿冠軍。」周小麗瞄爺爺一眼，「我本來心安理得的，經你一說，現在問心有愧。」

「乖孫，拿不拿獎，並不重要，最重要的是，讀書要有所得着，所謂開卷有益，妳沒把書打開，如何得益？」

「說的也是。」周小麗低頭片刻，反思爺爺的話，必有所領會，抬頭瞧着爺爺道：「你小時候偷讀那麼多書，一定獲益不少，你讀過甚麼書？」

「很多很多呢！大部份是章回小說，好像《七俠五義》、《小五義》、《蕩寇誌》、《施公案》、《薛仁貴征東》、《羅通掃北》等等。另外，我常看兒童雜誌，最初看的是《新兒童》，那時我年紀小，識字不多，經常央求哥哥唸給我聽，我記得新兒童

的主筆是黃慶雲姊姊，她寫的童話最有趣，又富教育意義。」周爺爺悠然地回想當年，

「有一年雲姊姊去美國留學，翌年回港，雜誌社為她辦了一場盛大的歡迎會，哥哥帶我去參加，小讀者密密麻麻的坐滿一所教堂裏面，聽說有五百多人，當時有洋行贊助可口可樂，每人一瓶，雲姊姊上台演講，我們在台下拍爛手掌。」

「明星一樣？」

「雲姊姊是香港兒童文學的天皇巨星。可惜，《新兒童》後來停刊，雲姊姊遷到廣西繼續出版工作，我們便改看《兒童樂園》，最愛羅冠樵先生的漫畫叮噹，那是一頭機械貓，渾身法寶。」

「那是多啦A夢呢！」

「有檯啦。」周媽媽在前面的接待處向周爺爺和小麗招手。

「爺爺，我們快去吃點心。」周小麗急不及待。

「去吧，去吧。」周爺爺拖着小麗走進茶樓。

他們來到指定檯號的空桌子，才坐下不久，周小麗首先發現有認識的人坐在鄰桌，興奮地喊道：「啊！翟老師。媽媽、爺爺，是翟老師呀！」

「翟老師，真巧呀。」周媽媽放下「點心紙」，瞧一眼與翟志權同桌的年輕女子。

「翟老師的女朋友好漂亮。」周小麗童言無忌。

「我是翟太太。」那女子含笑地自我介紹。

「嘩！翟老師何時結婚的？」周小麗瞪大雙眼，像外勤記者發掘到驚天大新聞。

「嘻嘻，這位是內子，叫 Mary。我們剛註冊，打算暑假才補擺喜酒，宴請親友。」

「恭喜，恭喜。」周爺爺拱手道賀，「郎才女貌，天作之合。」

「多謝爺爺。」翟志權流露幸福的笑容，「喂，小麗，我還沒向同學透露婚訊，今天給妳意外發現，妳要暫時替我保守秘密，可以嗎？」

「沒問題，我一定不說出去。」周小麗偷看周媽媽，心裏說，可是我的媽媽就難以保證了。

周媽媽帶笑輕撫女兒的頭，心領神會，慶幸翟老師只叮囑小麗要保守秘密，可沒包括她的媽媽，同時他只叮囑不向學生透露婚訊，可沒包括學生家長。

後記

寫小說，不覺逾二十年，興趣有增無減，其中一個原因，是不斷作新嘗試。這次，嘗試把圖書館學理論和圖書館現象融入故事裏，有點難度，尤其理論，一向給人的感覺是呆板、沉悶，要寫得生動有趣，倒要花點心思。不過，有難度便有挑戰，有挑戰便有樂趣，寫作永遠讓人着迷。

第一個故事〈逾期還書〉，最初收錄於一本在國內出版和銷售的少兒小說集裏（這小說集獲二〇一八年冰心兒童文學獎），因應國內出版業的潛規則，編輯徵詢我的同意，在內容作了一些更動，例如把國內新移民改為印尼華僑，另外為迎合少兒讀者，把故事的場景由中學改為小學。我當然不愜意。所以，有機會重寫在香港出版，還原是必然的。

在〈逾期還書〉，主角周小明的「戲份」最為吃重，但其他配角如張老師、朱太太、良哥等，甚至乎只露過一面的翟老師，可塑程度不低，就此完結，未免可惜。

意猶未盡，我於是構想他們的故事，再衍生朱子能（朱太太的丈夫）、尤金來（朱太太的兄長）、Mary（翟老師的女友）、阿聰（張老師的兒子）等的新故事，而每個故事並非獨立存在，背後彼此牽連，互為因果，內容包含推理、愛情、魔幻、懸疑等元素，寫起來很好玩。寫小說，自娛最重要，能否為讀者帶來娛樂，並非我的首要考慮，不過，人同此心，心同此理，我喜歡的，讀者應覺不錯吧？

〈報刊閱覽區〉是舊作的章節，舊讀者或會認得。那本小說已停印多年，新讀者不一定知道。陳靜在圖書館裏舞弄關刀一節，是我最喜歡的，想起也發笑，特意「移植」到新書裏，再一次與眾同樂。

有舊作，也有新聞，樹上春樹的《刺殺騎士團長》被評為二級不雅，有關的報道、評論，大家肯定讀過不少。順手拈來用作小說素材，我會不會是全球第一人呢？

另外，大家可能奇怪，在小說裏出現的多間圖書館，有中學圖書館、大學圖書館、深圳圖書館，卻沒我最熟識的香港中央圖書館，〈目錄卡〉的圖書館場景，雖有中圖的影子，但角色人物只在外圍走動，沒深入館內。

為甚麼？

本來，作者書寫熟識的事物較易掌握，屬於小說入門ABC，道理顯淺，我為何捨易取難？

原因跟挑戰無關。不說你不知，在我工作的職場，員工出版小說需向部門申請，其中一項獲批的條件，是確認出版物的內容不會令部門尷尬。難題來了，尷尬是主觀感受，沒客觀準則，萬一寫的無心，讀的誤會，違規沒人可憐，唯有「斬腳趾避沙蟲」，不寫就不會引起尷尬。

世事難有完美。

身體健康，有能力寫作，天地圖書又肯出版，已經很感恩了，我還敢不滿意嗎？

120
中國哲學
121
東方哲學

天地
www.cosmosbooks.com.hk

書　　名　圖書館猜情尋
作　　者　梁科慶
責任編輯　王穎嫻
美術編輯　郭志民
出　　版　天地圖書有限公司
香港皇后大道東109-115號
智群商業中心15字樓（總寫字樓）
電話：2528 3671　傳真：2865 2609
香港灣仔莊士敦道30號地庫／1樓（門市部）
電話：2865 0708　傳真：2861 1541
印　　刷　美雅印刷製本有限公司
九龍觀塘榮業街6號海濱工業大廈4字樓A座
電話：2342 0109　傳真：2790 3614
發　　行　香港聯合書刊物流有限公司
香港新界大埔汀麗路36號中華商務印刷大廈3字樓
電話：2150 2100　傳真：2407 3062
出版日期　2019年3月／初版

ISBN：978-988-8547-47-0